Hermann Hesse

SIDDHARTA

Traduzione di Massimo Mila

ADELPHI EDIZIONI

TITOLO ORIGINALE
Siddhartha

Quarantanovesima edizione: marzo 1994

© 1969 SUHRKAMP VERLAG, FRANKFURT AM MAIN
© 1973 ADELPHI EDIZIONI S.P.A. MILANO
ISBN 88-459-0184-X

INDICE

NOTA INTRODUTTIVA

Dal verbo suchen *(cercare) i Tedeschi fanno il participio presente,* suchend, *e lo usano sostantivato,* der Suchende *(colui che cerca), per designare quegli uomini che non s'accontentano della superficie delle cose, ma d'ogni aspetto della vita vogliono ragionando andare in fondo, e rendersi conto di se stessi, del mondo, dei rapporti che tra loro e il mondo intercorrono. Quel cercare che è già di per sé un trovare, come disse uno dei più illustri fra questi « cercatori », e precisamente sant'Agostino; quel cercare che è in sostanza vivere nello spirito.*
Suchende *sono quasi tutti i personaggi di Hesse: gente inquieta e bisognosa di certezza, gente che cerca l'Assoluto, ossia una verità su cui fondarsi nell'universale relatività della vita e del mondo, e tale assoluto trovano – se lo trovano – in se stessi. Facendo uso di un titolo*

11

*pirandelliano, si potrebbe dire che « trovarsi »
è l'ansia costante di questi personaggi: perve-
nire a quella consapevolezza di sé che permette
alla personalità di realizzarsi completamente e
di vivere, allora, realmente, quelle ore, quei
giorni, quegli anni che vengono di solito sciu-
pati nella banalità quotidiana d'una esistenza « d'ordinaria amministrazione ». Con Gide,
Hesse potrebbe dire di sé: « Le seul drame qui
vraiment m'intéresse et que je voudrais tou-
jours à nouveau relater, c'est le débat de tout
être avec ce qui l'empêche d'être authentique,
avec ce qui s'oppose à son intégrité, à son in-
tégration ». Nella maggior parte dei romanzi
di Hesse i personaggi muovono a questa scoperta di sé attraverso le circostanze esteriori del
mondo moderno: Peter Camenzind, il solido
montanaro svizzero divenuto scrittore di successo, negli ambienti intellettuali di una pa-
cifica Europa all'inizio del secolo; Demian, o
meglio il suo succube Eugen Sinclair, nella vita studentesca delle università tedesche, agitate
dal presagio dell'imminente guerra mondiale
(1914), che tante vite avrebbe falciato in quella gioventù, risolvendone, o meglio laceran-
done e troncandone brutalmente i problemi.
Nel racconto che qui si presenta, invece, Hesse
ha preso il suo personaggio principale, der Suchende, e l'ha collocato pari pari in un ambiente favoloso e pittoresco quale l'India del
VI secolo avanti Cristo, ormai impaziente del-
l'antica ortodossia brahminica, e della relativa
costituzione sociale, e pullulante di predicato-
ri, profeti, anacoreti, fachiri, monaci mendi-*

12

canti e digiunatori solitari. *Tutti costoro interrogano, tormentano e rivolgono in tutti i sensi le affermazioni dei testi sacri dell'India: gli antichissimi inni dei* Veda, *con i posteriori commenti in prosa dei* Brahmana *e delle* Upanishad. *Una folla sempre più numerosa s'impadronisce di questi testi, il cui studio avrebbe dovuto essere esclusivo privilegio della casta dei Brahmini, cioè dei sacerdoti di Brahma, la prima e più alta delle quattro classi sociali riconosciute dall'antica religione dell'India, esclusivi depositari della sapienza divina, unici intermediari fra l'uomo e Dio per mezzo del complicatissimo rituale dei sacrifici, delle formule magiche ch'essi soli conoscono, dei testi sacri ch'essi soli capiscono (o dicono di capire), e come tali superiori anche alla classe degli Kshatrya, guerrieri e principi, usciti dalle braccia di Brahma (mentre i Brahmini, i « nati due volte », erano usciti dalla testa); per non parlare dei Vaicya, contadini e mercanti, usciti dal ventre di Brahma, e dei Sudra, umili manovali, usciti dai piedi del Dio. Sotto a tutti, poi, stanno i Paria, che non sono una casta, non sono uomini, non sono nulla, non hanno nemmeno il diritto di esistere.*

Pesava ormai il dispotismo sacerdotale dei Brahmini. Pesava sul terreno sociale e politico. Ma poiché era fondato su princìpi religiosi, fu sul terreno della religione che i Brahmini vennero attaccati. Quei libri sacri di cui essi non comprendevano più lo spirito, avendone ridotto la lettera a un formulario meccanico e insensato, divennero oggetto di meditazione e di

*studio a uomini d'altre classi che i Brahmini.
In questa terra dell'India pare che gli uomini
vengano al mondo con un dono particolare
per la speculazione metafisica e la ricerca delle
cause ultime. La sete dell'Assoluto, il disprezzo
della vita terrena, con i suoi agi e i suoi obbli-
ghi, sono comuni a turbe di Diogeni cenciosi,
i quali trovano naturalissimo di farsi mendicanti per occuparsi unicamente della ricerca
dell'infinito e della soluzione dei problemi su-
premi. Il sole ardente che sviluppa la vegeta-
zione lussureggiante della giungla pare vi ali-
menti anche l'incontenibile vigore della fantasia, che avvolge d'ogni parte il pensiero e quasi lo soffoca in una rete inestricabile d'immagini, di miti, di strane e pittoresche personifi-
cazioni.
Poco dopo che la predicazione di Vardhama-
na, soprannominato Mahavira (grande eroe)
o Jina (il vittorioso), aveva dato origine alla
nuova religione del giainismo, un nuovo caso
si ebbe – e più clamoroso e destinato a immen-
sa risonanza – d'un giovane d'illustre stirpe
che, toccato da una rivelazione interiore, abbandonò la casa, la famiglia, il lusso e gli agi
della vita per dedicarsi in solitudine alle più
dure penitenze e iniziare quindi, in povertà,
la predicazione d'una nuova dottrina. È appena il caso di ricordare al lettore italiano l'analogia con casi a lui ben noti, come quelli di
san Francesco d'Assisi, di Jacopone da Todi.
Se il Mahavira era figlio d'un cospicuo barone
a nome Siddharta, uno tra i membri più emi-
nenti del senato nel suo paese, il nuovo pro-*

14

feta, chiamato a tanta altezza, era addirittura l'erede d'un trono. Nato a Kapilavattu nel 563 a.C., si chiamava anche lui Siddharta, ed era figlio del re Suddhodana, della famiglia Gotama (o Gautama) e della nobile stirpe dei Sakya (onde il nome di Sakyamuni, il solitario, l'eremita dei Sakya, con cui è spesso designato). Aveva moglie e figlio, quando a trent'anni lo toccò, per mezzo di macabre visioni, la rivelazione della vanità di questo nostro mondo. Abbandonò gli agi del proprio palazzo, fuggì dai suoi cari e, cambiati i propri abiti con quelli d'un mendicante, si pose alla scuola di due dotti Brahmini. Ma, insoddisfatto dell'insegnamento ufficiale, si diede a vita d'anacoreta, macerandosi nelle penitenze. Un giorno, mentre meditava sotto un albero, ebbe la rivelazione, l'illuminazione improvvisa circa la causa del dolore e il mezzo di eliminarla: e se, fin dal suo trentaquattresimo anno, egli era stato Bodhisattva, cioè un essere (sattva) vicino o destinato a ricevere l'illuminazione (bodhi), da quel punto egli fu il Buddha, cioè l'illuminato, e uscì dalla solitudine per predicare alle turbe la nuova dottrina.

*

Questa dottrina non costituisce una totale innovazione rispetto alle precedenti concezioni del culto brahminico, tanto più che non ne respinge del tutto i sacri testi (i Veda, i Brahmana, e soprattutto le Upanishad), ma ne fornisce piuttosto una nuova interpretazione. Essa raccoglie il sostanziale pessimismo della civiltà brahmana, qual è espresso nelle Upanishad: il mondo è dolore, perché perituro e instabile, sì che la pace può trovarsi soltanto là dove tutto è, ed è eterno. Ciò non si può ottenere se non conducendosi in modo da sfuggire alla terribile legge della trasmigrazione (samsara), in modo, cioè, da non dover più rinascere in qualche forma individuale, ma annientarsi invece completamente col dissolversi nell'anima stessa dell'universo (nirvana).

La sete dell'Assoluto è quindi alla base d'ogni concezione religiosa indiana, tanto antica e ortodossa, quanto di quelle dei riformatori. L'Assoluto è, per la dottrina ortodossa, il Brahma, ossia l'universo, Dio. Ma il punto sovrano della speculazione brahminica sta nell'identità di Brahma e dell'Atman. Che cosa è l'Atman? L'Atman è l'interiorità dell'Io, l'anima individuale in contrapposto (contrapposizione verbale, ché invece v'è identità di natura) al Brahma, principio divino del mondo esterno, unica essenza e anima divina diffusa in tutto l'universo. L'Atman, o anima dell'individuo, è considerata identica con il Brahma e destinata, in seguito al raggiungimento della sua massima perfezione, a fondersi totalmente con l'anima del mondo. Come scrive il Deussen, « il Brahma, la forza che ci sta davanti corporea in ogni essere, che crea, sostiene, conserva e poi riprende in sé tutti i mondi, questa forza eterna, infinita, divina è identica con l'Atman, con ciò che noi, dopo esserci spogliati di ogni este-

16

riorità, troviamo in noi come il nostro essere
più intimo e vero, il nostro io, la nostra anima».*

Pensare a fondo questa identità, realizzare in
sé l'attualità di questo concetto: l'universo è
Brahma, e questo è l'Atman, ossia, in termini
occidentali: l'universo è Dio e Dio è la mia
anima, tale è la prova suprema del panteismo
indiano. Ma «pensare» è dir poco: si tratta
di «vivere» in sé questa beatificante esperienza, non solo con la mente, ma con tutta l'anima
e il corpo. E qui entra in gioco la corposa, sen-
suale fantasia indiana, che mal si accontenta di
puri concetti (o astratti, come si dice volgar-
mente). L'alternativa dell'uomo che muore
senza essere riuscito a raggiungere il nirvana,
cioè la scoperta dell'Atman, l'annientamento
nell'anima infinita del mondo, è la samsara,
cioè la trasmigrazione delle anime, questo tragico travaglio senza fine, questa penosa briga
per cui l'anima individuale viene travolta nel
«cerchio delle vite», e rinasce a eterne sofferenze, come sciacallo, come cane, come topo,
come ogni sorta di esseri viventi. Anche le dottrine orfiche dei Greci e il pitagorismo cono-
scevano la dottrina della metempsicosi, ma
erano ben lontani dal viverla con la vivida

* Il termine Atman deriva forse dalla radice *An* (respirare: quindi respiro, soffio, anima). Oppure è fun-
zione di due radici pronominali equivalenti a «questo io». Ricorre frequentemente in sanscrito come pro-
nome riflessivo e come sostantivo, col significato di «la
stessa», «la propria persona», e perciò in senso filosofico indica l'Io, l'anima in contrapposizione al corpo.

17

concretezza fantastica degli Indiani, i quali cercano fiduciosi la rivelazione dell'Atman con ogni sorta di pratiche, come la preghiera, la concentrazione interiore, l'ipnosi, il governo e la soppressione del respiro, lo star seduti in strane e incomode posizioni ripetendo mentalmente l'Om, una delle sei sillabe sacre, solenne interiezione di conferma e ossequio come il nostro amen, significante la trinità Brahma-Visnu-Siva, simbolo perfetto dell'anima onnisciente universale a cui anela di unirsi (yoga) l'anima individuale.

Proprio su questi concetti opposti della samsara e del nirvana verte in particolare l'illuminazione ricevuta dal Sakyamuni. Nella sua predicazione egli diede prova di un saggio razionalismo, accostabile a certi aspetti della dottrina epicurea, mettendo da parte il concetto di Brahma, cioè della divinità esterna, non propriamente negato, ma tralasciato come concetto razionalmente irraggiungibile. Al centro della propria concezione egli mise invece il concetto empirico del dolore, accogliendo il pessimismo fondamentale delle Upanishad. La vita è dolore, questo è il primo dei quattro punti fondamentali della nuova dottrina, quale il Buddha la espose nel grande discorso di Benares. Ma sono i punti seguenti quelli che contengono il lievito attivo, il nuovo messaggio di speranza racchiuso nel buddhismo. L'origine del dolore è la sete di vivere, che conduce di rinascita in rinascita, accompagnata dal piacere e dalla cupidigia. Spegnere questa brama di vi-

18

ta mediante l'annientamento completo del desiderio, tale è la condizione necessaria per conseguire la soppressione del dolore. Nel quarto punto il Buddha forniva una specie di norma pratica, la ottuplice via per cui si perviene all'annientamento della brama di vivere, e l'additava nella purezza: purezza di fede, di volontà, di linguaggio, d'azione, d'esistenza, d'applicazione, di memoria, di meditazione. Con potente metafora è espressa questa concezione fondamentale, della sete di vivere come origine della samsara, nel Dhammapada, dov'essa viene assimilata a un infaticabile costruttore, che sempre ricostruisce l'edificio delle passioni umane e lo prolunga all'infinito, facendo sorgere, dall'appagamento di alcune, altre e sempre nuove passioni. « Per il volgere di molte nascite corsi senza tregua cercando il costruttore della casa (cioè la causa della rinascita). Orribile è l'eterna rinascita. O costruttore, ti ho scoperto; tu non fabbricherai più alcuna casa. Infrante son le tue travi e il tetto della casa distrutto. Il cuore, fatto libero, ha estinto ogni brama ». Non si potrebbe desiderare un'espressione più intensa del reale terrore dell'Indiano per la penosa catena delle trasmigrazioni. E non si potrebbe dare una prova più luminosa della totale assenza d'ogni orgoglio umanistico che caratterizza il pensiero indiano, e lo separa radicalmente, a onta di ogni altra analogia, da quello occidentale, che questo fatto di prendere l'immagine del costruttore e della casa – cioè di qualcosa che noi siamo irresistibilmen-

19

te portati ad apprezzare come un bene – a simbolo del peggior male che affligga l'umanità. Quando ogni volontà di vivere sia realmente estinta, l'uomo entra nel nirvana, e può entrarci, come lo stesso Buddha, ancor vivo; questo è allora un nirvana, diciamo così, di primo grado, consistente in sostanza nell'estinzione del fuoco della concupiscenza. (Grande battaglia vi è fra gli studiosi, se il nirvana buddhistico sia da intendersi in modo essenzialmente negativo, come annientamento e vuoto, oppure come uno stato di coscienza cosmica. La concezione brahminica del nirvana – assorbimento dell'anima individuale nel seno d'un Dio universale – non pare più sostenibile poiché il Buddha non fa conto di Brahma. E poiché egli non si occupa nemmeno della materia, non pare nemmeno che il suo nirvana possa intendersi come la dissoluzione dell'anima in seno agli elementi fisici. Certo è che sulla natura precisa del nirvana Buddha si astenne sempre abilmente da eccessive precisazioni). V'è poi il nirvana definitivo, o parinirvana, quello che ha luogo dopo morte, e che si manifesta con l'abolizione della samsara, la rottura del cerchio delle esistenze, la liberazione dal tragico travaglio delle rinascite e delle trasmigrazioni dell'anima.

Da questi cenni sulle dottrine del brahmanesimo e del buddhismo appare chiaro come Hesse non vi si sia avvicinato a caso o per un capriccio: esse sono veramente vicine ai suoi temi più cari, come la sete dell'Assoluto e la sua ricerca nell'Io, nella liberazione dell'Io da *ogni sovrastruttura posticcia e inessenziale. I Brahmini, i Samana, gli anacoreti e i veggenti che popolano questo racconto, avvolti in bianchi manti o mal coperti da poveri cenci, sono bene i cugini primi di quei bizzarri tipi di teosofi, vegetariani, tolstoiani e naturisti, che s'incontrano tra gli studenti di* Demian.

Del resto, la coincidenza di taluni aspetti delle religioni e filosofie indiane con le posizioni fondamentali dell'idealismo tedesco (essenzialmente la coscienza d'una realtà spirituale fuori della portata dei sensi – che gli Indiani esprimono nella dottrina di maya, *o illusione, apparenza irreale della natura – e la coscienza dell'illusoria natura che è propria del mondo fenomenico) è spesso sorprendente, in tanta diversità d'ambiente storico e geografico e di clima intellettuale. Non a torto uno dei divulgatori odierni delle filosofie indiane, Yoghi Ramacharaka, si appella spesso a testimonianze del contemporaneo idealismo occidentale, e prima d'introdurre il lettore al « più alto pinnacolo del pensiero filosofico », nel sistema Vedanta, si vale di questa metafora di pretto conio hegeliano. « Lo studioso ansima sullo stretto sentiero del ragionamento per poter respirare nella sottile, rarefatta atmosfera di quelle eccelse cime e si sente pervadere tutto dalla rigida aria della montagna». Che è bene il « salto nell'Assoluto », il mancamento di respiro che Hegel preannunciava a chi lo volesse seguire dalla sfera del* Verstand *a quella della* Vernunft, *dal comune raziocinio dell'intelletto pratico al dominio dei concetti puri.*

21

Dopo Herder e Goethe, l'interesse per le dot-
trine indiane non venne più meno in Germa-
nia. Le analogie tra il buddhismo e il pessimi-
smo di Schopenhauer (che dichiarava la lettu-
ra delle Upanishad *essere stato l'unico confor-*
to della sua vita) sono state più d'una volta dot-
tamente illustrate. Tanta, insomma, la simpa-
tia della cultura tedesca per il pensiero india-
no, che si venne, come a tutti è noto, alla dot-
trina razziale della pretesa eredità esclusiva
della razza tedesca dalla razza ariana. A propo-
sito della quale dottrina il Prampolini osserva,
dopo le debite riserve: « *una valutazione obiet-*
tiva non può negare che i due popoli hanno
comune una spiccata tendenza alla contempla-
zione, alla speculazione astratta, al panteismo
e perciò al Weltschmerz, *cioè a sentire il do-*
lore cosmico ».
Siddharta *di Hesse può a buon diritto conside-*
rarsi come un felice concretamento artistico di
queste affinità spirituali tra i due popoli, ma-
turate attraverso una riflessione culturale e sto-
rica ormai più che secolare. L'India di questo
racconto è un'India tutta metafisica e contem-
plativa, così diversa dall'India di Kipling, tut-
ta concreta, affaccendata e brulicante d'uma-
nità. O per lo meno è l'altra faccia, l'aspetto
eterno ed extratemporale, di quella stessa In-
dia. Qui, in Siddharta, *v'è poco di caratteristi-*
camente individuato e concreto, poco d'infor-
mazione geografica e antropologica tipo « *libro*
di viaggi ». *Il colore locale è affidato quasi uni-*
camente alla suggestione verbale dei nomi –
Siddharta, Vasudeva, Govinda, Jetavana – alla

frequente presenza, anche in occasionali me-
tafore, dei grandi alberi dell'India e dei loro
frutti tropicali. E poi quella folla di monaci,
mendicanti, straccioni, fachiri, anacoreti, col
loro saio giallo e la loro ciotola delle elemo-
sine: quella onnipresenza della religione, quei
Brahmini dalle bianche tuniche, quel senso
continuo d'un popolo cui non è patria questa
terra, ma è destino il cielo. Ma, appunto, si
tratta non di un'India storica, così e così indi-
viduata, ma dell'India eterna, metafisica, astra-
le, popolata di cercatori dell'Assoluto, e non
di agenti del Secret Service.
La trasfusione del consueto personaggio di
Hesse (l'uomo che cerca se stesso) in questo
mondo così propizio avviene con naturale feli-
cità. La stessa assenza di compiacimenti de-
scrittivi e pittoreschi contribuisce alla sponta-
neità, alla naturalezza dell'operazione con cui
temi e motivi del pensiero occidentale vengo-
no travasati nell'ambiente indiano. Ricordere-
mo, fra questi temi, alcuni che più sono fami-
liari al pensiero europeo e alla nostra saggez-
za pratica d'uomini occidentali. Anzitutto, l'ir-
realtà del tempo, questa conquista del pensiero
moderno su cui, dopo Bergson, quasi tutti i
grandi spiriti della nostra età si sono soffermă-
ti, e che a poco a poco la scienza stessa viene
corroborando con le sue esperienze. La necessi-
tà che i figli ripetano gli errori dei padri; la
coincidenza degli opposti, per cui d'ogni verità
anche il contrario è vero, quando ci si sollevi
dalla illusoria e limitata apparenza del mondo
fenomenico. L'esistenza di due modi di sapere:

uno che riguarda solamente la mente, ed è un sapere puramente intellettuale e astratto, e uno che è un sapere con l'esperienza di tutto il corpo e l'anima, sapere con la fatica delle proprie membra, sapere col dolore della propria esistenza, sapere che è vita, partecipazione intensa che impegna tutta la persona. L'individuazione come pena, come tormento, come limitazione: il bisogno di evadere dai limiti del proprio Io e spaziare nella panica immensità del Tutto, respirare il divino, vivere nell'eterno. La superiorità del lavoro intellettuale su quello pratico e interessato: la facilità con cui Siddharta – che sapeva solo digiunare, attendere e pensare – riesce nel commercio. Ma in realtà, che cosa è più difficile che pensare? Quid autem secundum litteras difficillimum esse artificium? Quale mestiere più difficile che quello di mettersi davanti a una pagina bianca con l'impegno di riempirla di cose belle, intelligenti e nuove? Chi veramente sia riuscito in questo, chi veramente sappia pensare, non troverà più nulla di difficile al mondo, e, contrariamente alla opinione corrente, riuscirà, purché realmente lo voglia, buon commerciante, uomo d'affari, banchiere, generale, ministro. E, già che abbiamo messo insieme questo elenco di motivi filosofici dell'ispirazione dello scrittore, non vorremmo vedere nel remo spezzato, con cui il figlio di Siddharta ammonisce il padre a non inseguirlo, un esempio perfetto del vichiano parlare eroico, per imprese e per segni?

Questi temi, dunque, sono i reali personaggi

del narratore Hesse, i veri argomenti dei suoi racconti. Narratore di spiccato temperamento lirico; racconti che tengono sempre alquanto della meditazione. Ciò nonostante, Hesse non ha nessun titolo e – verosimilmente – nessuna pretesa di passare per un «filosofo». Le sue creazioni nascono sotto il segno della fantasia e si pongono sotto la categoria dell'arte. Questo è ciò che le rende così limpide, gradevoli, accessibili anche a quei lettori che con la filosofia delle scuole abbiano una questione personale. Chi legge Siddharta vedrà come il contenuto ideologico esposto in questa introduzione, che può esser parso magari complicato e astruso, si concreti agevolmente in totalità d'immagini nitide e vive, e nel ritmo stesso della prosa, imbevuta di saggia pace contemplativa. Le avventure mondane di Siddharta, l'amore della cortigiana Kamala, costituiscono l'episodio più vivace ed estrinsecamente vario del racconto, con una vivida lucentezza di colori da lacca orientale. Ma la vetta poetica dell'opera è probabilmente da ricercare altrove, e cioè nelle pagine dedicate al fiume, a quel grande fiume che scorre lento lento – il Gange, il Brahmaputra, l'Indo, il Godovari? – sotto le fronde ricurve d'alberi giganteschi, e parla con la sua voce millenaria, compendio di tutte le voci del mondo, a chi lo sappia intendere, parla ai due vecchi barcaioli che passano le sere seduti su una rustica panca fuor della loro capanna, immersi nella silenziosa intimità dell'amicizia, distrutta ogni barriera fisica individuale nella tacita felicità della mutua com-

*prensione, gli occhi perduti dietro al lento flui-
re della massa verdastra delle acque, l'anima
assorta nella contemplazione e aperta al linguaggio della natura.
I due perfetti: i risvegliati, gli illuminati, Siddharta e Vasudeva, uomini più saggi dello stesso Buddha, perché questa saggezza l'hanno vis-
suta con tutto l'essere loro, l'hanno conquistata con quel secondo modo di sapere, che è partecipazione intima e totale dell'uomo, compe-
netrazione panica della vita dell'universo. L'e-
sperienza di Siddharta supera quella del Buddha e in certo modo la completa secondo un
modo di vedere occidentale, in quanto la pu-
rifica da quel che a noi può in essa apparire
disumano: la rinuncia alla vita, la negazione
della vita. Siddharta invece non si tiene cauta-
mente ai margini della vita: ci s'immerge, insoddisfatto d'ogni dottrina, d'ogni religione,
d'ogni sapere astratto, e alle medesime conclusioni del Buddha arriva attraverso una corag-
giosa e intiera esperienza. Alla propria sete di
vita egli non nega alcun appagamento: eppure riesce anch'egli a debellare la samsara, senza far uso di quella malinconica arma che è la
rinuncia. La vita egli l'attraversa e ne emerge.
Il Buddha rimane, nel romanzo, come una figura laterale, indimenticabile nei suoi sobri
tratti. Ma vive, soprattutto, nella formazione
stessa del protagonista, che va, sì, oltre il Buddha, ma trae pur dalla sua figura e dalla sua
vita molti tratti della propria individualità e
della propria biografia, a cominciar dal nome:
e la fuga dalla casa paterna, e l'episodio del*

*cambio dei ricchi abiti, e l'illuminazione sotto
l'albero in riva al fiume. E se si considera quanto poco ci vuole perché una nuova concezione
della vita e del mondo si affermi come religione, oppure rimanga sepolta nell'oblio d'una
perfezione individuale, se si pensa quanto poco
dipenda dalla verità intellettuale del sistema il
fatto che un cristianesimo o un islamismo dila-
ghino come irresistibili maree nella vita pratica e nella storia, e gli Esseni e i Terapeuti ri-
mangano sètte eretiche locali senza conseguen-
za, se si osserva da quali estrinseche circostanze
e da quali doti inessenziali dipendono la sorte
diversa d'un Gesù o d'uno qualsiasi fra i tanti
assertori del logos neoplatonico pullulanti intorno allo sfacelo del mondo antico, la sorte
diversa d'un Lutero o d'un Socino, allora ame-
remo vedere in Siddharta uno dei tanti Buddha potenziali, uno dei tanti virtuali fondatori
di religioni, spariti senza lasciar traccia, che
pullularono durante quell'irrequieto germo-
glio di ideologie filosofiche e religiose in cui si
manifestò l'esaurimento dell'antica ortodossia
brahminica e della sua civiltà.*

MASSIMO MILA

Al traduttore corre l'obbligo di dichiarare che il patrimonio di cognizioni generali sulle religioni e la cultura d'Oriente, sfoggiate nella Nota introduttiva, non è farina del suo sacco, ma è attinto a una fonte d'alta qualità, di cui è giusto ora rivelare l'origine (non era prudente rivelarla quando la traduzione apparve per la prima volta).

Questi dati furono ricavati da un quaderno di lezioni – specie di dispense private – che teneva a un suo discepolo canavesano il filosofo Piero Martinetti, stabilitosi in una frazione di Castellamonte dopo il suo ritiro dall'Università per non prestare giuramento al fascismo. Portato in quella regione dai casi della Resistenza, il traduttore ebbe la fortuna di conoscere quell'allievo di Martinetti (morto colà da pochi mesi) e di prendere visione di alcuni dei suoi preziosissimi quaderni d'appunti.

maggio 1981   M. M.

SIDDHARTA

PARTE PRIMA

a Romain Rolland
con rispettosa amicizia

IL FIGLIO DEL BRAHMINO

Nell'ombra della casa, sulle rive soleggiate del fiume presso le barche, nell'ombra del bosco di Sal, all'ombra del fico crebbe Siddharta, il bel figlio del Brahmino, il giovane falco, insieme all'amico suo, Govinda, anch'egli figlio di Brahmino. Sulla riva del fiume, nei bagni, nelle sacre abluzioni, nei sacrifici votivi il sole bruniva le sue spalle lucenti. Ombre attraversavano i suoi occhi neri nel boschetto di mango, durante i giochi infantili, al canto di sua madre, durante i santi sacrifici, alle lezioni di suo padre, così dotto, durante le conversazioni dei saggi. Già da tempo Siddharta prendeva parte alle conversazioni dei saggi, si esercitava con Govinda nell'arte oratoria, nonché nell'esercizio delle facoltà di osservazione e nella pratica della concentrazione interiore. Già egli sapeva come si pronuncia impercettibilmente l'Om, la parola suprema, sapeva assorbirla in se stesso pronunciandola silenziosamente nell'atto di inspirare, sapeva emetterla silenziosamente nell'atto di espirare, con l'anima raccolta, la fronte raggiante dello splendore che emana da uno spirito luminoso. Già egli sapeva, nelle profondità del proprio essere, riconoscere l'Atman, indistruttibile, uno con la totalità del mondo.

Il cuore del padre balzava di gioia per quel figlio così studioso, così avido di sapere; era un grande sapiente, un sommo sacerdote quello ch'egli vedeva svilupparsi in lui: un principe fra i Brahmini.

La gioia gonfiava il petto di sua madre quand'ella lo guardava, quando lo vedeva camminare, quando lo vedeva sedere e alzarsi: Siddharta, così forte, così bello, che procedeva col suo passo snello, che la salutava con garbo così compito.

L'amore si agitava nel cuore delle giovani figlie dei Brahmini, quando Siddharta passava per le strade della città, con la sua fronte luminosa, con i suoi occhi regali, così slanciato e nobile nella persona.

Ma più di tutti lo amava l'amico suo Govinda, il figlio del Brahmino. Amava gli occhi di Siddharta e la sua cara voce, amava il suo passo e il garbo perfetto dei movimenti, amava tutto ciò che Siddharta diceva e faceva, ma soprattutto ne amava lo spirito, i suoi alti, generosi pensieri, la sua volontà ardente, la vocazione sublime. Sapeva bene Govinda: questo non diventerà un Brahmino come ce n'è tanti, un pigro ministro di sacrifici, o un avido mercante d'incantesimi, un vano e vacuo retore, un prete astuto e cattivo, e non sarà nemmeno una buona, sciocca pecora nel gregge dei molti. No, e anch'egli, Govinda, non voleva diventare tale, un Brahmino come ce ne son migliaia. Voleva seguire Siddharta, il prediletto, il magnifico. E se un giorno Siddharta fosse diventato un dio, se fosse asceso un giorno nella gloria dei celesti, allora Govinda l'avrebbe seguìto, come suo amico, suo compagno, suo servo, suo scudiero, sua ombra.

Così tutti amavano Siddharta. A tutti egli dava gioia, tutti ne traevano piacere.

Ma egli, Siddharta, a se stesso non procurava piacere, non era di gioia a se stesso. Passeggiando sui sentieri rosati del frutteto, sedendo nell'ombra azzurrina del boschetto delle contemplazioni, purificando le proprie membra nel quotidiano lavacro di espiazione, celebrando i sacrifici nel bosco di mango dalle ombre profonde, con la sua perfetta compitezza d'atteggiamenti, amato da tutti, di gioia a tutti, pure non portava gioia in cuore. Lo assalivano sogni e pensieri irrequieti, portati fino a lui dalla corrente del fiume, scintillati dalle stelle della notte, dardeggiati dai raggi del sole; sogni lo assalivano, e un'agitazione dell'anima, vaporata dai sacrifici, esalante dai versi del Rig-Veda, stillata dalle dottrine dei vecchi testi brahminici.

Siddharta aveva cominciato ad alimentare in sé la scontentezza. Aveva cominciato a sentire che l'amore di suo padre e di sua madre, e anche l'amore dell'amico suo, Govinda, non avrebbero fatto per sempre la sua eterna felicità, non gli avrebbero dato la quiete, non l'avrebbero saziato, non gli sarebbero bastati. Aveva cominciato a sospettare che il suo degnissimo padre e gli altri suoi maestri, cioè i saggi Brahmini, gli avevano già impartito il più e il meglio della loro saggezza, avevano già versato interamente i loro vasi pieni nel suo recipiente in attesa, ma questo recipiente non s'era riempito, lo spirito non era soddisfatto, l'anima non era tranquilla, non placato il cuore. Buona cosa le abluzioni, certo: ma erano acqua, non lavavano via il peccato, non guarivano la sete dello spirito, non scioglievano gli affanni del cuore. Eccellente cosa i sacrifici e la preghiera agli dèi: ma questo era tutto? Davano i sacrifici la felicità? E come stava questa faccenda degli dèi? Era realmente Prajapati che aveva creato il mondo? Non era invece l'Atman, l'unico, il solo, il tutto? Che gli dèi non fossero poi forme create, come tu e io, soggette al tempo, caduche? Anzi, era poi bene, era giusto, era un atto sensato e sublime sacrificare agli dèi? A chi altri si doveva sacrificare, a chi altri si doveva rendere onore, se non a Lui, all'unico, all'Atman? E dove si poteva trovare l'Atman, dove abitava, dove batteva il suo eterno cuore, dove altro mai se non nel più profondo del proprio io, in quel che di indistruttibile ognuno porta in sé? Ma dove, dov'era questo Io, questa interiorità, questo assoluto? Non era carne e ossa, non era pensiero né coscienza: così insegnavano i più saggi. Dove, dove dunque era? Penetrare laggiù, fino all'Io, a me, all'Atman: c'era forse un'altra via che mettesse conto di esplorare? Ahimè! questa via nessuno la insegnava, nessuno la conosceva, non il padre, non i maestri e i saggi, non i pii canti dei sacrifici! Tutto sapevano i Brahmini e i loro libri sacri, tutto, e perfino qualche cosa di più; di tutto s'erano occupati, della creazione del mondo, della natura del linguaggio, dei cibi, dell'inspirare e dell'espirare, della gerarchia dei cinque sensi, dei fatti degli dèi... cose infinite sapevano... Ma valeva la pena saper tutto questo, se non si sapeva l'uno e il tutto, la cosa più importante di tutte, la sola cosa importante?

Certo, molti versi dei libri santi, specialmente nelle Upanishad di Samaveda, parlavano di questa interiorità e di quest'assoluto; splendidi versi. « L'anima tua è l'intero mondo »: così vi stava scritto. E vi stava scritto che l'uomo nel sonno, nel profondo sonno, penetra nel proprio Io e prende stanza nell'Atman. Meravigliosa saggezza stava in questi versi, tutta la scienza dei più saggi stava qui radunata in magiche parole, pura come miele. No, non si doveva certo far poco conto della prodigiosa conoscenza che qui era stata raccolta e conservata da innumerevoli generazioni di Brahmini. Ma dov'erano i saggi, dove i sacerdoti o i penitenti, ai quali fosse riuscito, non soltanto di conoscerla, questa profondissima scienza, ma di viverla? Dove era l'esperto che sapesse magicamente richiamare dal sonno allo stato di veglia l'esperienza dell'Atman, ricondurla nella vita quotidiana, nella parola e nell'azione? Molti degni Brahmini conosceva Siddharta, suo padre prima di tutti, il puro, il dotto, degno sopra ogni altro. Ammirabile era suo padre, nobile e calmo il suo contegno, pura la sua vita, saggia la sua parola, squisiti e alti pensieri avevan dimora dietro la sua fronte... ma anche lui, che tanto sapeva, viveva forse nella beatitudine, possedeva la pace, non era anche lui soltanto un uomo che cerca, un assetato? Non doveva egli sempre riattingere, come un assetato, alle sacre fonti, sacrifici, libri, conversazioni dei Brahmini? Perché doveva anche lui, l'irreprensibile, purificarsi ogni giorno dal peccato, affannarsi per le abluzioni, sempre da capo, ogni giorno? Dunque non era in lui l'Atman, non zampillava nel suo cuore la fonte originaria? Eppure era questa che bisognava trovare: scoprire la fonte originaria nel proprio Io, e impadronirsene! Tutto il resto era ricerca, era errore e deviazione.

Tali erano i pensieri di Siddharta, questa era la sua sete, questo il suo tormento.

Spesso egli recitava a se stesso le parole di una Chandogya-Upanishad: «In verità, Satyam è il nome di Brahma: in verità, chi sa questo, ascende ogni giorno nel mondo celeste». Spesso gli pareva vicino, il mondo celeste, ma mai l'aveva raggiunto interamente, mai aveva spento l'ultima sete. E di tutti i saggi e dottissimi ch'egli conosceva, valendosi del loro insegnamento, non uno ve n'era che l'avesse raggiunto interamente, il mondo celeste, non uno che interamente l'avesse spenta, l'eterna sete.

«Govinda,» disse Siddharta all'amico «Govinda, caro, vieni con me sotto il banyano: vogliamo esercitarci nella concentrazione».

Andarono verso il banyano, sedettero a terra, qui Siddharta, venti passi più in là Govinda. Mentre sedeva, pronto a pronunciare l'Om, Siddharta ripeteva mormorando i versi:

> Om è l'arco, la saetta è l'anima,
> bersaglio della saetta è Brahma,
> da colpire con immobile certezza.

Quando il tempo consueto della concentrazione fu trascorso, Govinda si alzò. Era calata la sera, era tempo di cominciare l'abluzione vespertina. Govinda chiamò Siddharta per nome, ma non ottenne risposta. Siddharta sedeva assorto, i suoi occhi erano fissati rigidamente sopra una meta lontana, la punta della lingua spuntava un poco frà i denti: pareva ch'egli non respirasse. Così sedeva, immerso nella concentrazione, pensando l'Om, l'anima indirizzata a Brahma come una saetta.

E un giorno passarono i Samana attraverso la città di Siddharta: asceti girovaghi, tre uomini secchi e spenti, né vecchi né giovani, con spalle impolverate e sanguinose, arsi dal sole, circondati di solitudine, estranei e ostili al mondo, forestieri nel regno degli uomini come macilenti sciacalli. Spirava da loro un'aura di cheta passione, di devozione fino all'annientamento, di spietata rinuncia alla personalità.

A sera, dopo l'ora dell'osservazione, Siddharta

comunicò a Govinda: «Domani mattina per tempo, amico mio, Siddharta andrà dai Samana. Diventerà un Samana anche lui».

A queste parole Govinda impallidì, e nel volto immobile dell'amico lesse la decisione, inarrestabile come la saetta, scagliata dall'arco. Subito, al primo sguardo, Govinda si rese conto: ora comincia, ora trova Siddharta la sua via, ora comincia il suo destino a germogliare, e con il suo il mio. E divenne pallido, come una buccia di banana secca.

«O Siddharta,» esclamò «te lo permetterà tuo padre?».

Siddharta sollevò lo sguardo, come uno che si ridesta. Fulmineamente lesse nell'anima di Govinda: vi lesse la paura, vi lesse la dedizione.

«O Govinda,» rispose sommessamente «è inutile sprecar parole. Domani all'alba comincerò la vita del Samana. Non parliamone più».

Siddharta entrò nella camera dove suo padre sedeva sopra una stuoia di corteccia, s'avanzò alle sue spalle e rimase là, fermo, finché suo padre s'accorse che c'era qualcuno dietro di lui. Disse il Brahmino: «Sei tu, Siddharta? Allora di' quel che sei venuto per dire».

Parlò Siddharta: «Col tuo permesso, padre mio. Sono venuto ad annunciarti che desidero abbandonare la casa domani mattina e recarmi fra gli asceti. Diventare un Samana, questo è il mio desiderio. Voglia il cielo che mio padre non si opponga».

Tacque il Brahmino: tacque così a lungo che nella piccola finestra le stelle si spostarono e il loro aspetto mutò, prima che venisse rotto il silenzio nella camera. Muto e immobile stava ritto il figlio con le braccia conserte, muto e immobile sedeva il padre sulla stuoia, e le stelle passavano in cielo. Finalmente parlò il padre: «Non s'addice a un Brahmino pronunciare parole violente e colleriche. Ma l'irritazione agita il mio cuore. Ch'io non senta questa preghiera una seconda volta dalla tua bocca».

Il Brahmino si alzò lentamente; Siddharta restava in piedi, muto, con le braccia conserte.

«Che aspetti?» chiese il padre.

Disse Siddharta: «Tu lo sai».

Irritato uscì il padre dalla stanza, irritato cercò il suo giaciglio e si coricò.

Dopo un'ora, poiché il sonno tardava, il Brahmino si alzò, passeggiò in su e in giù, uscì di casa. Guardò attraverso la piccola finestra della stanza, e vide Siddharta in piedi, con le braccia conserte: non s'era mosso. Come un pallido bagliore emanava dal suo mantello bianco. Col cuore pieno d'inquietudine, il padre ritornò al suo giaciglio.

E venne di nuovo dopo un'ora, venne dopo due ore, guardò attraverso la piccola finestra, vide Siddharta in piedi, nel chiaro di luna, al bagliore delle stelle, nelle tenebre. E ritornò ogni ora, in silenzio, guardò nella camera, vide quel ragazzo in piedi, immobile, ed il suo cuore si riempì di collera, il suo cuore si riempì di disagio, il suo cuore si riempì d'incertezza, il suo cuore si riempì di compassione. Ritornò nell'ultima ora della notte, prima che il giorno spuntasse, entrò nella stanza, vide il giovane in piedi, e gli parve grande, quasi straniero.

« Siddharta, » chiese « che attendi? ».

« Tu lo sai ».

« Starai sempre così ad aspettare che venga giorno, mezzogiorno e sera? ».

« Starò ad aspettare ».

« Ti stancherai, Siddharta ».

« Mi stancherò ».

« Ti addormenterai, Siddharta ».

« Non mi addormenterò ».

« Morirai, Siddharta ».

« Morirò ».

« E preferisci morire, piuttosto che obbedire a tuo padre? ».

« Siddharta ha sempre obbedito a suo padre ».

« Allora rinunci al tuo proposito? ».

« Siddharta farà ciò che suo padre gli dirà di fare ».

Le prime luci del giorno entravano nella stanza. Il Brahmino vide che Siddharta tremava leggermente sulle ginocchia. Nel volto di Siddharta, invece, non si vedeva alcun tremito: gli occhi guardavano lontano. Allora il padre s'accorse che Siddharta non abitava già più con lui in quella casa: Siddharta l'aveva già abbandonato.

Il padre posò la mano sulla spalla di Siddharta. « Andrai nella foresta, » disse « e diverrai un Samana. Se nella foresta troverai la beatitudine, ritorna, e insegnami la beatitudine. Se troverai la delusione, ritorna: riprenderemo insieme a sacrificare agli dèi. Ora va' a baciar tua madre, dille dove vai. Ma per me è tempo d'andare al fiume e di compiere la prima abluzione ».

Tolse la mano dalla spalla di suo figlio, e uscì. Siddharta barcollò, quando provò a muoversi. Ma fece forza alle sue membra, s'inchinò davanti al padre e andò dalla mamma, per fare come suo padre aveva prescritto.

Quando alle prime luci del giorno, lentamente, con le gambe indolenzite, lasciò la città ancora silenziosa, un'ombra, ch'era accucciata presso l'ultima capanna, si levò e s'unì al pellegrino: Govinda.

« Sei venuto » disse Siddharta, e sorrise.

« Sono venuto » disse Govinda.

PRESSO I SAMANA

La sera di quello stesso giorno essi raggiunsero
gli asceti, gli scarni Samana, cui si offersero
compagni e discepoli. Vennero accolti.
Siddharta fece dono del suo abito a un povero
Brahmino incontrato sulla strada. Non portava più che il perizoma e una tonaca color terra, senza cuciture. Mangiava soltanto una volta
al giorno, e mai cibi cotti. Digiunò per quin-
dici giorni. Poi digiunò per ventotto giorni.
Dalle cosce e dalle guance gli sparì la carne.
Dai suoi occhi smisuratamente ingranditi parevano prendere il volo ardenti visioni, unghie
lunghissime uscivano dalle sue dita rinsecchi-
te, e sul mento germogliava un'arida barba
stopposa. Gelido diventava il suo sguardo
quando incontrava donne; la sua bocca si contraeva con disprezzo quand'egli doveva accom-
pagnarsi con uomini ben vestiti. Vedeva i mercanti commerciare, i principi andare a caccia,

la gente in lutto piangere i suoi morti, le meretrici far copia di sé, i medici affannarsi per i loro ammalati, i preti stabilire il giorno per la semina, gli amanti amare, le madri cullare i loro bimbi – e tutto ciò non era degno dello sguardo dei suoi occhi, tutto mentiva, tutto puzzava, puzzava di menzogna, tutto simulava un significato di bontà e di bellezza, e tutto era inconfessata putrefazione. Amaro era il sapore del mondo. La vita, tormento. Una meta si proponeva Siddharta: diventare vuoto, vuoto di sete, vuoto di desideri, vuoto di sogni, vuoto di gioia e di dolore. Morire a se stesso, non essere più lui, trovare la pace del cuore svuotato, nella spersonalizzazione del pensiero rimanere aperto al miracolo, questa era la sua meta. Quando ogni residuo dell'Io fosse superato ed estinto, quando ogni brama e ogni impulso tacesse nel cuore, allora doveva destarsi l'ultimo fondo delle cose, lo strato più profondo dell'essere, quello che non è più Io: il grande mistero.

Tacendo Siddharta restava in piedi sotto il sole a picco, ardendo di dolore, ardendo di sete, finché non sentisse più né dolore né sete. Tacendo stava in piedi sotto la pioggia; l'acqua gli cadeva dai capelli sulle spalle gelate, sui fianchi e sulle gambe gelate, e il penitente restava in piedi, finché spalle e gambe non fossero più gelate, ma tacessero e stessero chete. Tacendo egli s'accoccolava sul giaciglio di spine, e dalla pelle riarsa gocciolava il sangue, il marcio gemeva dalle piaghe, e Siddharta rimaneva rigido, immobile, finché più nulla pungesse, finché più nulla bruciasse.

Siddharta si tirava su a sedere e imparava l'economia del respiro, imparava a emettere poco fiato, imparava a sospendere la respirazione. Imparava, partendo dal respiro, ad assopire il palpito del cuore, imparava a ridurne i battiti, finché fossero pochi e sempre più radi.

Istruito dal più vecchio dei Samana, Siddharta praticò la spersonalizzazione, praticò la concentrazione, secondo le strane norme di quegli asceti. Un airone volava sopra il boschetto di bambù e Siddharta assumeva quell'airone nella propria anima, volava sopra boschi e montagne, era airone, mangiava pesci, provava la fame degli aironi, parlava la lingua gracchiante degli aironi, moriva la morte degli aironi. Uno sciacallo morto giaceva sulla rena del fiume, e l'anima di Siddharta penetrava in quella carogna, era sciacallo morto, giaceva sulla spiaggia, si gonfiava, puzzava, marciva, era dilaniata dalle iene, scuoiata dagli avvoltoi, diventava scheletro, polvere, si librava sulla campagna. E poi l'anima di Siddharta faceva ritorno, era stata morta, putrefatta, polverizzata, aveva gustato la torbida ebbrezza del cerchio delle vite, e ora si tendeva ansiosamente per una nuova sete, come un cacciatore all'agguato, verso lo spiraglio per il quale si potesse sfuggire al circolo delle trasformazioni, dove si spezzasse la catena delle cause ultime e cominciasse la pace dell'eterno. Egli uccideva i propri sensi, uccideva la propria memoria, sgusciava fuori dal proprio Io in mille forme estranee, era bestia, era carogna, era pietra, era legno, era acqua, e ogni volta si ritrovava al risveglio – splendesse il sole oppur la luna –, era di nuovo quello stesso Io, rientrava nel circolo delle trasformazioni, sentiva sete, superava la sete, sentiva nuova sete.

Molto apprese Siddharta dai Samana, molte vie imparò a percorrere per uscire dal proprio Io. Percorse la via della spersonalizzazione attraverso il dolore, attraverso la volontaria sofferenza e il superamento del dolore, della fame, della sete, della stanchezza. Percorse la via della spersonalizzazione attraverso la meditazione, attraverso lo svuotamento dei sensi da ogni immagine per mezzo del pensiero. Queste e altre vie apprese a percorrere, mille volte abbandonò il proprio Io, per ore e per giorni indugiò nel non-Io. Ma anche se queste vie uscivano inizialmente dall'Io, all'Io la loro fine riconduceva pur sempre. Mille volte Siddharta poteva sfuggire dal suo Io, indugiare nel nulla, trattenersi in una bestia, nella pietra; inevitabile era il ritorno, inesorabile l'ora in cui egli – splendesse il sole oppure la luna, sotto la pioggia o nell'ombra – ritrovava se stesso, ed era di nuovo l'Io-Siddharta, e di nuovo provava il tormento di non poter sfuggire al circolo delle trasformazioni.

Accanto a lui viveva Govinda, come la sua ombra, percorreva le stesse vie, si sottoponeva agli stessi sforzi. Raramente parlavano tra loro di qualcos'altro che non fosse il culto e gli esercizi che il culto richiedeva. Talvolta andavano loro due attraverso i villaggi, a mendicare il cibo per sé e per i loro maestri.

« Che ne pensi, Govinda? » disse una volta Siddharta durante una di queste peregrinazioni per elemosina « che ne pensi tu? Abbiamo fatto progressi? Abbiamo raggiunto la meta? ».

Rispose Govinda: « Abbiamo imparato, e impariamo ancora. Tu diventerai un grande Samana, Siddharta. Hai appreso così in fretta ogni esercizio, spesso i vecchi Samana si sono meravigliati di te. Un giorno tu sarai un santo, o Siddharta ».

Disse Siddharta: « Io non sono di questo parere, amico mio. Ciò che ho imparato finora presso i Samana, o Govinda, avrei potuto impararlo più presto e più semplicemente. In qualunque bettola di malaffare, tra carrettieri e giocatori di dadi, l'avrei potuto imparare ».

Disse Govinda: « Siddharta si prende gioco di me. Come avresti potuto imparare, là, tra quegli sciagurati, la concentrazione, la sospensione del respiro, l'insensibilità alla fame e al dolore? ».

E Siddharta disse piano, come se parlasse a se stesso: « Che è la concentrazione? Che l'abbandono del corpo? Che cos'è il digiuno? la sospensione del respiro? Tutto questo è fuga di fronte all'Io, breve pausa nel tormento di essere Io, è un effimero stordimento contro il dolore insensato della vita. La stessa evasione, lo stesso effimero stordimento prova il bovaro all'osteria, quando si tracanna alcuni bicchieri di acquavite o di latte di cocco fermentato. Allora egli non sente più il proprio Io, allora non

49

sente più le pene della vita, allora prova un effimero stordimento. E prova lo stesso, sonnecchiando sul suo bicchiere di acquavite, che provano Siddharta e Govinda, quando riescono a sfuggire, grazie a lunghi esercizi, dai loro corpi, e a indugiare nel non-Io. Così è, o Govinda ».

Disse Govinda: « Così dici tu, amico mio, eppure sai bene che Siddharta non è un bovaro, né un Samana un ubriacone. Certo il beone trova lo stordimento, certo trova breve tregua ed evasione, ma egli ritorna dalla sua ebbrezza e ritrova tutto come prima, non è diventato più saggio, non ha raccolto conoscenza, non è salito di un gradino più in alto ». E Siddharta replicò con un sorriso: « Non lo so, non sono mai stato un beone. Ma che io, Siddharta, nelle mie pratiche e concentrazioni trovo soltanto una passeggera ebbrezza e rimango tanto lontano dalla saggezza, dalla soluzione, quanto lo ero infante nel ventre della madre, questo lo so, Govinda, questo lo so ».

E un'altra volta che Siddharta con Govinda aveva lasciato il bosco per andare a mendicare nel villaggio un po' di cibo per i loro fratelli e maestri, di nuovo Siddharta prese a parlare e disse: « Ma ora, o Govinda, siamo veramente sulla retta via? Ci accostiamo davvero alla conoscenza? Ci avviciniamo davvero alla soluzione? O non ci aggiriamo piuttosto in un cerchio, noi che pur pensavamo di sottrarci al circolo delle trasformazioni elementari? ».

Disse Govinda: « Molto abbiamo appreso, Siddharta, molto rimane ancora da apprendere.

Non ci moviamo in cerchio, ci moviamo verso l'alto, il cerchio è una spirale, e di molti gradini siamo già ascesi ».

Rispose Siddharta: « Che età credi che abbia il più vecchio dei nostri Samana, il nostro venerabile maestro? ».

Disse Govinda: « Il più vecchio potrà avere un sessant'anni ».

E Siddharta: « Sessant'anni è vissuto, e il nirvana non l'ha mai raggiunto. Ne vivrà settanta, ottanta, e tu e io, anche noi, diverremo vecchi e faremo i nostri esercizi, digiuneremo, mediteremo. Ma il nirvana non lo raggiungeremo: non lo raggiungerà il maestro, non lo raggiungeremo noi. O Govinda, di tutti i Samana che esistono non uno, io credo, neanche uno, raggiunge il nirvana. Troviamo conforti, troviamo da stordirci, acquistiamo abilità con le quali cerchiamo d'illuderci. Ma l'essenziale, la strada delle strade non la troviamo ».

« Non pronunciare, » disse Govinda « non pronunciare così terribili parole, Siddharta! Come sarebbe possibile che fra tanti sapienti, fra tanti Brahmini, fra tanti austeri e venerabili Samana, fra tanti uomini che cercano, fra tanti uomini che si applicano con tutta l'anima loro, fra tanti santi non uno debba trovare la strada delle strade? ».

Ma Siddharta rispose, con una voce in cui trapelavano a un tempo tristezza e dispetto, una voce lieve, un po' triste, ma anche alquanto beffarda: « Presto, Govinda, il tuo amico abbandonerà questa via dei Samana che ha così a lungo percorso con te. Io soffro la sete, o

Govinda, e su questa lunga via dei Samana la mia sete non si è per nulla placata. Sempre ho sofferto sete del sapere, sempre sono stato pieno d'interrogativi. Ho interrogato i Brahmini, d'anno in anno, ho interrogato i sacri Veda, d'anno in anno. Forse, o Govinda, sarebbe stato altrettanto saggio e altrettanto utile interrogare il rinoceronte o lo scimpanzé. Lungo tempo ho impiegato, Govinda, e non ne sono ancora venuto a capo, per imparare questo: che non si può imparare nulla! Nella realtà non esiste, io credo, quella cosa che chiamiamo "imparare". C'è soltanto, o amico, un sapere, che è ovunque, che è Atman, che è in me e in te e in ogni essere. E così comincio a credere: questo sapere non ha nessun peggior nemico che il voler sapere, che l'imparare ».

Govinda si fermò di botto in mezzo alla strada, alzò le mani e disse: « Non crucciare, Siddharta, non spaventare l'amico con simili discorsi! In verità, paura svegliano le tue parole nel mio cuore. Ma pensa dunque: che ne sarebbe della santità dei Samana, se fosse così come tu dici, se non fosse possibile imparare?! Che ne sarebbe, o Siddharta, che ne sarebbe allora di tutto ciò che sulla terra v'ha di santo, di venerabile, di degno?! ».

E Govinda mormorò un versetto tra sé e sé, un versetto di una Upanishad:

Chi s'immerge meditando, con puro intelletto,
                                    [nell'Atman,
Parole non v'hanno ad esprimere la beatitudine del suo
                                    [cuore.

Ma Siddharta taceva. Pensava le parole che Govinda gli aveva dette, e le pensava a fondo.

Sì, pensava a testa bassa, che rimane dunque ancora di tutto ciò che ci pareva sacro? Che rimane? Che cosa resta confermato? E scosse il capo.

Un giorno – eran circa tre anni che i due giovani vivevano coi Samana, partecipando ai loro esercizi spirituali –, un giorno giunse fino a loro, passata per mille bocche, una notizia, una voce, una fama: un uomo era apparso, chiamato Gotama, il Sublime, il Buddha, che aveva superato in sé il dolore del mondo ed era riuscito a fermare la ruota delle rinascite. Passava per la terra insegnando, circondato di giovani, senza ricchezze, senza casa, senza donna, avvolto nel giallo saio del pellegrino, ma con fronte serena: un beato. E principi e Brahmini si inchinavano a lui e diventavano suoi discepoli. Questa fama, questa voce, questa leggenda risuonava qua e là, si propagava, nelle città ne parlavano i Brahmini, nella foresta i Samana, e sempre quel nome di Gotama, il Buddha, ritornava alle orecchie dei giovani, in un'aureola or buona or cattiva, oggetto di lode e di scherno.

Come quando in un paese infierisce la peste, e sorga la notizia che in qualche luogo ci sia un uomo, un saggio, un mago, cui la parola o il respiro bastino a guarire ogni vittima del contagio, e come allora questa novella percorre la terra e ognuno ne parla, molti credono, molti dubitano, ma molti anche si mettono senz'altro in cammino per cercare il saggio, il salvatore, così percorse la terra quella leggenda, diffondendosi come un profumo, la leggenda di Gotama, il Buddha, il saggio della stirpe dei Sakya. A lui era congenita, così affermavano i suoi fedeli, la somma sapienza, egli si ricordava della sua precedente esistenza, egli aveva raggiunto il nirvana e non sarebbe rientrato mai più nel circolo delle reincarnazioni, mai più sarebbe stato sommerso nella torbida corrente delle forme. Si riferivano di lui cose magnifiche e incredibili: aveva fatto miracoli, aveva sottomesso il demonio, aveva parlato con gli dèi. Ma i suoi nemici e gli increduli dicevano che questo Gotama era un vacuo seduttore, che passava i suoi giorni nelle mollezze, disprezzava i sacrifici, non aveva alcuna dottrina e non praticava esercizi né mortificazione.

Dolce suonava la leggenda del Buddha, un incanto si sprigionava da queste notizie. Certo il mondo era malato, dura da sopportare era la vita, ed ecco, qua sembrava che sgorgasse una fonte, qua sembrava che risuonasse un messaggio consolatore, benigno, pieno di nobili promesse. Dappertutto dove la fama del Buddha si spandeva, in ogni paese dell'India ascoltavano i giovani attentamente, con desiderio e speranza, e tra i figli dei Brahmini delle città e dei villaggi ogni pellegrino e ogni straniero era benvenuto, se portava notizie di lui, del sublime, del Sakyamuni.

Anche ai Samana nel bosco, anche a Siddharta, anche a Govinda era pervenuta la voce, lentamente, a gocce, e ogni goccia grave di speranza, ogni goccia grave di dubbio. Non ne parlarono a lungo, poiché il più anziano dei Samana non sentiva volentieri questo discorso. S'era fatto l'idea che quel sedicente Buddha fosse stato precedentemente un eremita e fosse vissuto nella foresta, ma poi avesse fatto ritorno alle mollezze e ai piaceri del mondo: non faceva quindi alcuna stima di questo Gotama.

« O Siddharta, » così parlò una volta Govinda al suo amico « quest'oggi fui al villaggio e un Brahmino m'invitò a entrare nella sua casa, e nella sua casa c'era il figlio d'un Brahmino di Magadha: costui ha visto coi suoi occhi il Buddha e l'ha sentito predicare. In verità, il cuore mi dolse in petto, e io pensai tra me: o potessimo dunque anche noi, Siddharta e io, vivere quell'ora in cui sentiremo la dottrina dalla bocca di quell'uomo perfetto! Parla, amico mio, non vogliamo anche noi andar laggiù ad ascoltare la dottrina dalla bocca del Buddha? ».

Disse Siddharta: « Sempre, o Govinda, avevo pensato che Govinda sarebbe rimasto fra i Samana, sempre avevo creduto che fosse suo scopo diventar vecchio, di sessanta, di settant'anni, e sempre continuare a praticare le arti e gli esercizi che adornano il Samana. Ma guarda un po', io non conoscevo abbastanza Govinda, poco sapevo del suo cuore. E ora ecco che tu vuoi, carissimo, prendere un'altra strada e andare laggiù dove il Buddha annuncia la sua dottrina ».

Disse Govinda: « A te piace burlare, Siddharta. Ma possa tu sempre continuare a burlarmi! Forse non s'è destato anche in te un desiderio,

55

un ardore di ascoltare questa dottrina? E non m'hai detto una volta che non avresti più seguìto per molto la via del Samana?».

Allora sorrise Siddharta, del suo sorriso, mentre sul tono della sua voce si stendeva un'ombra di tristezza e anche un'ombra di canzonatura, e disse: «Bene, Govinda, bene hai parlato: il tuo ricordo è stato molto a proposito. Ma vogliti anche ricordare del resto che hai udito da me, e cioè che sono diventato diffidente e stanco verso le dottrine e verso l'apprendere, e che scarsa è la mia fede nelle parole che ci vengono dai maestri. Tuttavia sta bene, mio caro, sono pronto ad ascoltare quella dottrina, sebbene nel mio cuore io creda che di tale dottrina il meglio l'abbiamo già sperimentato».

Disse Govinda: «La tua deliberazione rallegra il mio cuore. Ma dimmi, come potrebbe essere possibile? Come potrebbe la dottrina del Buddha, prima ancora che noi l'abbiamo intesa, aver maturato per noi i suoi frutti migliori?».

Disse Siddharta: «Godiamoci questi frutti, o Govinda, e attendiamo quelli che verranno! Ma il frutto di cui già ora andiamo debitori a Gotama consiste in ciò, ch'egli ci porta via dai Samana! Se poi egli abbia anche altro e di meglio da darci, questo, o amico, lo vedremo: attendiamo intanto con cuore tranquillo».

Quello stesso giorno Siddharta notificò al più vecchio dei Samana la propria decisione di volerlo lasciare. Ciò gli rese noto con quella cortesia e quella modestia che si addicono a un giovane e a un discepolo. Ma il Samana andò

56

in collera a sentire che i due giovani lo voles-
sero abbandonare, e alzò la voce con grossolane
parole di oltraggio.

Govinda si spaventò e rimase altamente imba-
razzato, ma Siddharta accostò la bocca all'orecchio di Govinda e gli sussurrò: «Ora voglio
mostrare al vecchio che qualcosa con lui ho pure imparato». Collocandosi ben vicino di fronte al Samana, con l'anima tutta concentrata,
colse col proprio sguardo lo sguardo del vecchio e lo avvinse, lo fece ammutolire, disarmò
la sua volontà e l'assoggettò alla propria, ordi-
nandogli di fare, senza tante storie, ciò ch'egli
desiderava da lui. Il vecchio ammutolì sbar-
rando gli occhi, la sua volontà si allentò, le
braccia gli caddero penzoloni, e impotente egli
dovette subire la fascinazione di Siddharta.
Anzi, i pensieri di Siddharta s'impadronirono
del Samana, ed egli dovette eseguire ciò che
essi gli comandavano. Perciò il vecchio s'inchinò parecchie volte, eseguì gesti di benedizione,
pronunciò balbettando un pio augurio di
buon viaggio. E i giovani ricambiarono l'augurio e salutando si dipartirono.

Per strada disse Govinda: «O Siddharta, non
sapevo che tanto avessi appreso dai Samana.
È difficile, molto difficile ipnotizzare un vecchio Samana. In verità, se tu fossi rimasto con
loro, avresti presto imparato a camminare sulle acque».

«Non desidero camminare sulle acque» rispose Siddharta. «Queste arti le lascio volentieri ai vecchi Samana».

GOTAMA

Nella città di Savathi anche i bambini cono-
scevano il nome del sublime Buddha, e ogni
famiglia si dava d'attorno per riempire le cio-
tole delle elemosine ai discepoli di Gotama,
che mendicavano in silenzio. Nei dintorni della città si trovava il soggiorno preferito di Gotama, il boschetto Jetavana, che il ricco mercante Anathapindika, un devoto ammiratore
del Sublime, aveva offerto in dono a lui e ai
suoi discepoli.
Nella loro peregrinazione in cerca del soggiorno di Gotama, i due giovani pellegrini s'erano informati del cammino da seguire: e tutte
le risposte ricevute, come in genere i racconti
uditi, li indirizzarono a questo luogo. Come
giunsero a Savathi, subito, nella prima casa alla cui porta si fermarono a chiedere, venne loro offerto cibo; ed essi accettarono il cibo e
Siddharta interrogò la donna che glielo porge-

va: «Vorremmo sapere, o donna gentile, dove abita il Buddha, il Venerabilissimo, poiché noi siamo due Samana del bosco, e siam venuti per vedere lui, il Perfetto, e apprendere la dottrina dalle sue labbra».

Disse la donna: «Veramente in buon punto siete arrivati voi, Samana del bosco. Sappiate che a Jetavana, nel giardino di Anathapindika si trova il Sublime. Là potrete passar la notte, voi, pellegrini, poiché là appunto vi è spazio sufficiente per le folle innumerevoli che affluiscono a sentire la dottrina dalle sue labbra».

Si rallegrò allora Govinda e pieno di gioia esclamò: «Bene dunque, così la nostra meta è raggiunta e il nostro cammino finito! Ma dicci, tu, buona madre dei pellegrini, lo conosci tu il Buddha, l'hai visto coi tuoi occhi?».

Disse la donna: «Molte volte l'ho visto, il Sublime. Spesso accadeva di vederlo passare per le strade, silenzioso, nel suo mantello giallo: tacendo porge la ciotola delle elemosine alle porte delle case e la ritrae colma di offerte».

Govinda ascoltava entusiasmato e avrebbe ancor voluto chiedere e sapere tante cose. Ma Siddharta lo esortò a procedere oltre. Ringraziarono e partirono, e raramente ebbero ancor bisogno di chiedere la strada, perché molti pellegrini e monaci della comunità di Gotama erano in cammino per Jetavana. Come vi giunsero, nella notte, era un continuo movimento di nuovi arrivi, continue domande e risposte di gente che chiedeva e otteneva ospitalità. I due Samana, avvezzi alla vita nel bosco, trovarono presto e senza rumore un ricovero, e vi riposarono fin al mattino.

Al sorgere del sole videro con stupore qual folla di credenti e curiosi avesse pernottato in quel luogo. Per tutti i sentieri del magnifico boschetto passeggiavano monaci in tunica gialla, sedevano qua e là sotto gli alberi, immersi nella contemplazione o in elevati discorsi; le aiuole ombrose presentavano l'aspetto d'una città, piene di uomini ronzanti come api. La maggior parte dei monaci uscivano con la ciotola delle elemosine, per raccogliere in città il cibo dell'unico pasto giornaliero, quello di mezzogiorno. Anche il Buddha stesso, l'Illuminato, soleva fare di mattina il suo giro per mendicare.

Siddharta lo vide, e lo riconobbe subito, come se un dio gliel'avesse additato. Lo vide, un ometto semplice, in cotta gialla, che camminava tranquillo con la sua ciotola in mano per le elemosine.

« Guarda là! » disse piano Siddharta a Govinda. « Quello là è il Buddha ».

Attentamente guardò Govinda il monaco in cotta gialla, che non pareva distinguersi in nulla dai cento e cento altri monaci. E tosto anche Govinda si rese conto: sì, era quello. E lo seguirono, osservandolo.

Il Buddha andava per la sua strada, modesto e immerso nei propri pensieri; la sua faccia tranquilla non era né allegra né triste, solo pareva illuminata da un lieve sorriso interiore. Con un sorriso nascosto, cheto, tranquillo, non dissimile da un bambino sano e ben disposto, camminava il Buddha; portava la tonaca e posava i piedi tale e quale come tutti i suoi monaci, esattamente secondo la regola. Ma il suo volto e il suo passo, il suo sguardo chetamente abbassato, la sua mano che pendeva immota, e perfino ogni dito della mano penzolante immota, esprimevano pace, esprimevano perfezione: nulla in lui che tradisse la ricerca, l'aspirazione a qualche cosa, egli respirava dolcemente in una quiete imperitura, in una imperitura luce, in una pace inviolabile.

Così camminava Gotama verso la città, per raccogliere elemosine, e i due Samana lo riconobbero unicamente alla perfezione della sua calma, alla tranquillità della sua immagine, in cui non v'era ricerca, non vi era desiderio, non aspirazione, non sforzo, ma solo luce e pace.

« Oggi ascolteremo la dottrina dalle sue labbra » disse Govinda.

Siddharta non rispose. Era poco curioso della dottrina, non credeva ch'essa gli potesse apprendere qualcosa di nuovo; non meno di Govinda, ne aveva già sentito tante e tante volte esporre il contenuto, sia pure grazie a resoconti di seconda e terza mano. Ma egli fissava attentamente la testa di Gotama, le sue spalle, i suoi piedi, la mano penzolante immota, e gli pareva che ogni articolazione in ogni dito di quella mano fosse dottrina, parlasse, spirasse, emanasse, riflettesse verità. Quest'uomo, questo Buddha era intriso di verità, fin nell'ultimo atteggiamento del suo dito mignolo. Quest'uomo era santo. Mai Siddharta aveva tanto stimato un uomo, mai aveva tanto amato un uomo quanto costui.

I due seguirono il Buddha fino alla città e ritornarono silenziosi: per quel giorno contavano di astenersi dal cibo. Videro Gotama ritornare, lo videro consumare il pasto nel cerchio dei suoi discepoli – ciò che egli mangiò non avrebbe saziato nemmeno un uccello – e lo videro ritirarsi nell'ombra degli alberi del mango.

Ma verso sera, quando il calore decrebbe e la vita si rianimava nell'accampamento e tutti si raggrupparono, udirono il Buddha predicare. Udirono la sua voce, e anche questa era perfetta, di perfetta calma, piena di pace. Gotama predicò la dottrina del dolore: l'origine del dolore, la via per superare il dolore. Tranquillo e chiaro fluiva il suo pacato discorso. Dolore era la vita, pieno di dolore il mondo, ma la liberazione dal dolore s'era trovata: l'avrebbe trovata chi seguisse la via del Buddha.

Con voce dolce ma ferma parlava il Sublime: insegnò i quattro punti fondamentali, insegnò l'ottuplice strada, pazientemente ripercorse la consueta via della dottrina, degli esempi, delle ripetizioni. Limpida e calma si librava la sua voce sugli ascoltatori, come una luce, come una stella nel cielo. Quando il Buddha – già era scesa la notte – conchiuse il suo discorso, diversi pellegrini si fecero avanti e pregarono d'essere accolti nella comunità, manifestando il desiderio di convertirsi a quella dottrina. E Gotama li accolse dicendo: « Bene avete appreso la dottrina, bene vi è stata annunciata.

Avanzate nel cammino e peregrinate in santità, per preparare la fine d'ogni dolore».

Ed ecco anche Govinda s'avanzò, il timido Govinda, e disse: «Anch'io voglio rifugiarmi presso il Sublime e la sua dottrina» e pregò d'essere accolto nella comunità dei discepoli, e fu accolto.

Subito dopo, poiché il Buddha s'era ritirato per il riposo della notte, Govinda si volse a Siddharta e parlò con fuoco: «Siddharta, non a me s'addice di muoverti rimprovero. Tutti e due abbiamo ascoltato il Sublime, tutti e due abbiamo appreso la dottrina. Govinda ha sentito la dottrina e s'è rifugiato in lei. Ma tu, mio degno amico, non vuoi anche tu seguire il sentiero della liberazione? Vuoi indugiare, vuoi aspettare ancora?».

Siddharta si destò come da un sogno, quando sentì le parole di Govinda. A lungo lo fissò nel volto. Poi parlò sommessamente, e nella sua voce non c'era scherno, questa volta: «Govinda, amico mio, ora tu hai fatto il passo, ora tu hai scelto la tua strada. Sempre, Govinda, tu sei stato mio amico, sempre tu m'hai seguìto a distanza di un passo. Spesso avevo pensato: non farà mai, Govinda, un passo da solo, senza di me, non ad altri ubbidiente che alla sua anima? Ed ecco, ora tu sei diventato un uomo, e scegli da te la tua strada. Possa tu percorrerla fino alla fine, amico mio! Possa tu trovare la liberazione!».

Govinda, che non comprendeva ancora pienamente, ripeté con un tono d'impazienza la sua

64

domanda: « Parla dunque, ti prego, carissimo! Dimmi che certamente non può essere altrimenti: anche tu, mio dotto amico, verrai a rifugiarti presso il Buddha sublime! ».

Siddharta posò la mano sulla spalla di Govinda: « Tu non hai badato al mio augurio e alla mia benedizione, Govinda. Te lo ripeto: possa tu percorrere questa via fino in fondo! Possa tu trovare la liberazione! ».

In questo istante Govinda capì che l'amico l'aveva abbandonato, e cominciò a piangere.

« Siddharta! » chiamò tra i singhiozzi.

Siddharta gli parlò benignamente: « Non dimenticare, Govinda, che ora appartieni ai Samana del Buddha! A patria e parenti hai rinunciato; hai rinunciato al tuo ceto e ai tuoi successi, alla tua personale volontà, e all'amicizia. Così vuole la dottrina, così vuole il Sublime. Così tu stesso hai voluto. Domani, o Govinda, ti lascerò ».

Ancora a lungo passeggiarono gli amici nel bosco, a lungo giacquero senza trovar sonno. E sempre Govinda ricominciava a insistere presso l'amico, perché non volesse anch'egli convertirsi alla dottrina di Gotama, quali difetti vi trovasse dunque. Ma Siddharta si sottraeva sempre alle spiegazioni e diceva: « Sta' contento, Govinda! Ottima è la dottrina del Sublime, come potrei trovarvi un difetto? ».

Assai per tempo attraversò il giardino un seguace di Buddha, uno dei suoi monaci più anziani, e chiamò a sé tutti i neofiti che si erano convertiti alla dottrina, per imporre loro la tonaca gialla e istruirli circa le prime norme e i primi doveri del loro stato. Allora Govinda si fece forza, abbracciò ancora una volta l'amico della sua giovinezza e si riunì alla cerchia dei novizi.

Ma Siddharta passeggiava pensieroso attraverso il boschetto. S'imbatté così in Gotama, il Sublime, e lo salutò rispettosamente e poiché lo sguardo del Buddha era pieno di bontà e di dolcezza, il giovane si fece animo e chiese al degno uomo il permesso di parlargli. Con un cenno silenzioso, il Sublime acconsentì.

Parlò Siddharta: « Ieri, o Sublime, mi fu dato di ascoltare la tua mirabile dottrina. Insieme col mio amico io venni da lontano per ascoltare la dottrina. E ora il mio amico rimarrà coi tuoi uomini, egli si rifugia in te. Ma io riprendo ancora il mio pellegrinaggio ».

« Come ti piace » disse il degno uomo cortesemente.

« Troppo ardite son le mie parole, » continuò Siddharta « ma non vorrei lasciare il Sublime senza avergli esposto schiettamente il mio pensiero. Vuole il Venerabile prestarmi ascolto ancora un momento? ».

Con un cenno silenzioso il Sublime assentì.

Disse Siddharta: « Una cosa, o Venerabilissimo, ho ammirato soprattutto nella tua dottrina. Tutto in essa è perfettamente chiaro e dimostrato; come una perfetta catena, mai e in nessun luogo interrotta, tu mostri il mondo: una eterna catena, contesta di cause e di effetti. Mai ciò è stato visto con tanta chiarez-

66

za, né esposto in modo più irrefutabile; certamente più vivo deve battere il cuore in petto a ogni Brahmino quand'egli, guidato dalla tua dottrina, senza soluzioni di continuità, limpido come un cristallo, non dipendente dal caso, non dipende dagli dèi. Se esso sia buono o cattivo, se la vita in esso sia gioia o dolore, può forse rimanere oscuro (può anche essere che questo non sia la cosa essenziale); ma l'unità del mondo, la connessione di tutti gli avvenimenti, l'inclusione di ogni essere, grande e piccolo, nella stessa corrente, nella stessa legge delle cause ultime, del divenire e del morire, questo risplende chiaramente dalla tua sublime dottrina, o Perfettissimo. Ma ora, secondo la tua stessa dottrina, in un punto è interrotta questa unità e consequenzialità di tutte le cose, attraverso un piccolo varco irrompe in questo mondo unitario qualcosa che prima non era e che non può essere indicato né dimostrato: e questo varco è la tua dottrina del superamento del mondo, della liberazione. Ma con questo piccolo spiraglio, con questa piccola rottura viene di nuovo infranto e compromesso l'intero ordinamento del mondo unitario ed eterno. Voglimi perdonare, se ho osato proporti quest'obiezione ».

Tranquillo e immobile l'aveva ascoltato Gotama. Quindi parlò a sua volta, il Perfetto: parlò con la sua voce benigna, con la sua voce chiara e cortese: « Tu hai udito la dottrina, o figlio di Brahmino, e torna a tuo onore di avervi riflettuto così profondamente. Tu vi hai trovato una frattura, un errore. Possa tu andar oltre col pensiero. Permetti solo ch'io ti metta in guardia, o tu che sei avido di sapere, contro la molteplicità delle opinioni e contro le contese puramente verbali. Le opinioni non contano niente, possono essere belle o odiose, intelligenti o stolte, ognuno può adottarle o respingerle. Ma la dottrina che hai udito da me, non è mia opinione, e il suo scopo non è di spiegare il mondo agli uomini avidi di sapere. Un altro è il suo scopo: la liberazione dal dolore. Questo è ciò che Gotama insegna, null'altro ».

« Perdona il mio ardire, o Sublime » disse il giovane. « Non per avere una discussione con te, una discussione puramente terminologica, ti ho parlato poc'anzi in questo modo. In verità, hai ragione: contano poco le opinioni. Ma permettimi di dire ancora questo: non un minuto io ho dubitato di te. Non un minuto ho dubitato che tu sei Buddha, che tu hai raggiunto la meta, la somma meta verso la quale si affaticano tante migliaia di Brahmini e di figli di Brahmini. Tu hai trovato la liberazione dalla morte. Essa è venuta a te attraverso la tua ricchezza, ti è venuta incontro sulla tua stessa strada, attraverso il tuo pensiero, la concentrazione, la conoscenza, la rivelazione. Non ti è venuta attraverso la dottrina! E – tale è il mio pensiero, o Sublime – nessuno perverrà mai alla liberazione attraverso una dottrina! A nessuno, o Venerabile, tu potrai mai, con parole, e attraverso una dottrina, comunicare

68

ciò che avvenne in te nell'ora della tua illuminazione! Molto contiene la dottrina del Buddha cui la rivelazione è stata largita: a molti insegna a vivere rettamente, a evitare il male. Ma una cosa non contiene questa dottrina così limpida, così degna di stima: non contiene il segreto di ciò che il Sublime stesso ha vissuto, egli solo fra centinaia di migliaia. Questo è ciò di cui mi sono accorto, mentre ascoltavo la dottrina. Questo è il motivo per cui continuo la mia peregrinazione: non per cercare un'altra e migliore dottrina, poiché lo so, che non ve n'è alcuna, ma per abbandonare tutte le dottrine e tutti i maestri e raggiungere da solo la mia meta o morire. Ma spesso ripenserò a questo giorno, o Sublime, e a questa ora, in cui i miei occhi videro un Santo ».

Chetamente fissavano il suolo gli occhi del Buddha, chetamente raggiava in perfetta calma il suo viso imperscrutabile.

« Voglia il cielo che i tuoi pensieri non siano errori! » parlò lentamente il Venerabile. « Possa tu giungere alla meta! Ma dimmi, hai tu visto la schiera dei miei Samana, dei molti miei fratelli che si sono convertiti alla dottrina? E credi tu, o Samana forestiero, credi tu che per tutti costoro sarebbe meglio abbandonare la dottrina e rientrare nella vita del mondo e dei piaceri? ».

« Lungi da me un tal pensiero! » gridò Siddharta. « Possano essi rimaner tutti fedeli alla dottrina, possano raggiungere la loro meta. Non tocca a me giudicare la vita di un altro.

Solo per me, per me solo devo giudicare, devo scegliere, devo scartare. Liberazione dall'Io è quanto cerchiamo noi Samana, o Sublime. Se io diventassi ora uno dei tuoi discepoli, o Venerabile, mi avverrebbe – temo – che solo in apparenza, solo illusoriamente il mio Io giungerebbe alla quiete e si estinguerebbe, ma in realtà, esso continuerebbe a vivere e a ingigantirsi, poiché lo materierei della dottrina, della mia devozione e del mio amore per te, della comunità con i monaci! ».

Con un mezzo sorriso, con immutata e benigna serenità Gotama guardò lo straniero negli occhi e lo congedò con un gesto appena percettibile.

« Tu sei intelligente, o Samana » disse il Venerabile. « Sai parlare con intelligenza! ».

Il Buddha s'allontanò, e il suo sguardo e il suo mezzo sorriso rimasero per sempre incisi nella memoria di Siddharta.

Mai ho visto un uomo guardare, sorridere, sedere, camminare a quel modo, egli pensava, così veramente desidero anch'io saper guardare, sorridere, sedere e camminare, così libero, venerabile, modesto, aperto, infantile e misterioso. Così veramente guarda e cammina soltanto l'uomo che è disceso nell'intimo di se stesso. Bene, cercherò anch'io di discendere nell'intimo di me stesso.

Ho visto un uomo, pensava Siddharta, un uomo unico, davanti al quale ho dovuto abbassare lo sguardo. Davanti a nessun altro voglio mai più abbassare lo sguardo: a nessun altro.

Nessuna dottrina mi sedurrà mai più, poiché non m'ha sedotto la dottrina di quest'uomo.

Il Buddha m'ha derubato, pensava Siddharta, m'ha derubato, eppure è ben più prezioso ciò ch'egli mi ha donato. M'ha derubato del mio amico, di colui che credeva in me e che ora crede in lui, che era la mia ombra e che ora è l'ombra di Gotama. Ma mi ha donato Siddharta, mi ha fatto dono di me stesso.

RISVEGLIO

Quando Siddharta lasciò il boschetto nel quale rimaneva il Buddha, il Perfetto, e nel quale rimaneva Govinda, allora egli sentì che in questo boschetto restava dietro di lui anche tutta la sua vita passata e si separava da lui. Su questa sensazione, che lo riempiva tutto, egli venne riflettendo mentre s'allontanava a lento passo. Profondamente vi pensò, come attraverso un'acqua profonda si lasciò calare fino al fondo di questa sensazione, fin là dove riposano le cause ultime, poiché conoscere le cause ultime, questo appunto è pensare – così gli pareva – e solo per questa via le sensazioni diventano conoscenze e non vanno perdute, ma al contrario si fanno essenziali e cominciano a irradiare ciò che in esse è contenuto.
Rifletteva Siddharta nel suo lento cammino. Stabilì che non era più un giovinetto, ma era diventato un uomo. Stabilì che una cosa l'ave-

va abbandonato, così come il serpente viene abbandonato dalla sua vecchia pelle, che una cosa non era più presente in lui, che l'aveva accompagnato durante tutta la sua giovinezza, e gli era appartenuta: il desiderio di avere maestri e di conoscere dottrine. L'ultimo maestro che era apparso sulla sua strada, il sommo e sapientissimo maestro, il più santo di tutti, il Buddha, anche questo egli l'aveva abbandonato, aveva dovuto separarsi da lui, non aveva potuto accogliere la sua dottrina.

Sempre più lento andava il pensieroso e si chiedeva frattanto: « Ma che è dunque ciò che avevi voluto apprendere dalle dottrine e dai maestri, e che essi, pur avendoti rivelato tante cose, non sono riusciti a insegnarti? ». Ed egli trovò: « L'Io era, ciò di cui volevo apprendere il senso e l'essenza. L'Io era, ciò di cui volevo liberarmi, ciò che volevo superare. Ma non potevo superarlo, potevo soltanto ingannarlo, potevo soltanto fuggire o nascondermi davanti a lui. In verità, nessuna cosa al mondo ha tanto occupato i miei pensieri come questo mio Io, questo enigma ch'io vivo, d'essere uno, distinto e separato da tutti gli altri, d'essere Siddharta! E su nessuna cosa al mondo so tanto poco quanto su di me, Siddharta! ».

Colpito da questo pensiero s'arrestò improvvisamente nel suo lento cammino meditativo, e tosto da questo pensiero ne balzò fuori un altro, che suonava: « Che io non sappia nulla di me, che Siddharta mi sia rimasto così estraneo e sconosciuto, questo dipende da una causa fondamentale, una sola: io avevo paura

di me, prendevo la fuga davanti a me stesso!
L'Atman cercavo, Brahma cercavo, e volevo
smembrare e scortecciare il mio Io, per trovare
nella sua sconosciuta profondità il nocciolo
di tutte le cortecce, l'Atman, la vita, il divino,
l'assoluto. Ma proprio io, intanto, andavo perduto a me stesso».

Siddharta schiuse gli occhi e si guardò intorno,
un sorriso gli illuminò il volto, e un profondo
sentimento, come di risveglio da lunghi sogni,
lo percorse fino alla punta dei piedi. E appena
si rimise in cammino, correva in fretta, come
un uomo che sa quel che ha da fare.

«Oh!» pensava respirando profondamente
«ora Siddharta non me lo voglio più lasciar
scappare! Basta! cominciare il pensiero e la
mia vita con l'Atman e col dolore del mondo!
Basta! uccidermi e smembrarmi, per scoprire
un segreto dietro le rovine! Non sarà più lo
Yoga-Veda a istruirmi, né l'Atharva-Veda, né
gli asceti, né alcuna dottrina. Dal mio stesso
Io voglio andare a scuola, voglio conoscermi,
voglio svelare quel mistero che ha nome Siddharta».

Si guardò attorno come se vedesse per la prima
volta il mondo. Bello era il mondo, variopinto, raro e misterioso era il mondo! Qui era azzurro, là giallo, più oltre verde, il cielo pareva
fluire lentamente come i fiumi, immobili stava-
no il bosco e la montagna, tutto bello, tutto
enigmatico e magico, e in mezzo v'era lui, Siddharta, il risvegliato, sulla strada che conduce
a se stesso. Tutto ciò, tutto questo giallo e azzurro, fiume e bosco penetrava per la prima

volta attraverso la vista in Siddharta, non era più l'incantesimo di Mara, non era più il velo di Maya, non era più insensata e accidentale molteplicità del mondo delle apparenze, spregevole agli occhi del Brahmino, che, tutto dedito ai suoi profondi pensieri, scarta la molteplicità e solo dell'unità va in cerca. L'azzurro era azzurro, il fiume era fiume, e anche se nell'azzurro e nel fiume vivevan nascosti come in Siddharta l'uno e il divino, tale era appunto la natura e il senso del divino, d'esser qui giallo, là azzurro, là cielo, là bosco e qui Siddharta. Il senso e l'essenza delle cose erano non in qualche cosa oltre e dietro loro, ma nelle cose stesse, in tutto.

« Come sono stato sordo e ottuso! » pensava, e camminava intanto rapidamente. « Quand'uno legge uno scritto di cui vuol conoscere il senso, non ne disprezza i segni e le lettere, né li chiama illusione, accidente e corteccia senza valore, bensì li decifra, li studia e li ama, lettera per lettera. Io invece, io che volevo leggere il libro del mondo e il libro del mio proprio Io, ho disprezzato i segni e le lettere, a favore d'un significato congetturato in precedenza, ho chiamato illusione il mondo delle apparenze, ho chiamato il mio occhio e la mia lingua fenomeni accidentali e senza valore. No, tutto questo è finito, ora son desto, mi sono risvegliato nella realtà e oggi nasco per la prima volta ».

Mentre rivolgeva tali pensieri, si fermò tuttavia improvvisamente, come se un serpente fosse apparso sulla strada davanti ai suoi piedi.

Poiché improvvisamente anche questo gli si era rivelato: egli, che nella realtà si trovava come un risvegliato o come un nuovo nato, doveva ricominciare interamente la sua vita. Ancora in quello stesso mattino, quando aveva lasciato Jetavana, il boschetto di quel Sublime, e già era in atto di ridestarsi, già era sulla strada che riconduce a se stesso, era stata sua intenzione e gli era parso perfettamente ovvio e naturale, dopo gli anni del suo noviziato ascetico, far ritorno a casa sua, da suo padre. Ma ora per la prima volta, proprio in quell'istante in cui egli s'era arrestato come se un serpente giacesse sulla sua strada, s'era destata in lui anche questa idea: «Io non sono più quel che ero, non sono più eremita, non sono più prete, non sono più Brahmino. Che dunque vado a fare a casa di mio padre? Studiare? Offrire sacrifici? Praticare la concentrazione? Tutto questo è passato, tutto questo non si trova più sul mio cammino». Immobile restò Siddharta, e per un attimo, la durata d'un respiro, un gelo gli strinse il cuore, ed egli lo sentì gelare nel petto come una povera bestiola, un uccello o un leprotto, quando s'accorse quanto fosse solo. Ora lo sentiva. Sempre, finora, anche nella più profonda concentrazione, egli era rimasto il figlio di suo padre, era stato Brahmino, d'alto ceto, un sacerdote. Adesso non era più che Siddharta, il risvegliato, e nient'altro. Trasse un profondo sospiro, e per un attimo si sentì gelare. Rabbrividì. Nessuno era così solo come lui. Non v'era un nobile che non appartenesse all'ambiente dei nobili, non v'era un manovale che non appartenesse all'ambiente dei manovali; e fra i loro pari tutti trovavano ricetto, ne condividevano la vita, ne parlavano la lingua. Non v'era un Brahmino che non fosse annoverato tra i suoi colleghi e non vivesse con loro, non v'era un eremita che non potesse trovar ricetto nella società dei Samana, e anche il più sperduto solitario della foresta non era uno e solo, anche lui era circondato da aderenti, anche lui apparteneva a una categoria che gli faceva da patria. Govinda s'era fatto monaco, e mille monaci erano suoi fratelli, portavano un abito come il suo, condividevano la sua fede, parlavano il suo linguaggio. Ma lui, Siddharta, a quale comunità apparteneva? Di chi condivideva la vita? Di chi avrebbe parlato il linguaggio?

Da questo momento in cui il mondo circostante parve disciogliersi intorno a lui, in cui egli rimase abbandonato come in cielo una stella solitaria, da questo momento di gelo e di sgomento Siddharta emerse, più di prima sicuro del proprio Io, vigorosamente raccolto. Lo sentiva: questo era stato l'ultimo brivido del risveglio, l'ultimo spasimo del nascimento. E tosto riprese il suo cammino, mosse il passo rapido e impaziente, non più verso casa, non più verso il padre, non più indietro.

PARTE SECONDA

a Wilhelm Gundert
mio padrino in Giappone

KAMALA

A ogni passo del suo cammino Siddharta imparava qualcosa di nuovo, poiché il mondo era trasformato e il suo cuore ammaliato. Vedeva il sole sorgere sopra i monti boscosi e tramontare oltre le lontane spiagge popolate di palme. Di notte vedeva ordinarsi in cielo le stelle, e la falce della luna galleggiare come una nave nell'azzurro. Vedeva alberi, stelle, animali, nuvole, arcobaleni, rocce, erbe, fiori, ruscelli e fiumi; vedeva la rugiada luccicare nei cespugli al mattino, alti monti azzurri e diafani nella lontananza; gli uccelli cantavano e le api ronzavano, il vento vibrava argentino nelle risaie. Tutto questo era sempre esistito nei suoi mille aspetti variopinti, sempre erano sorti il sole e la luna, sempre avevano scrosciato i torrenti e ronzato le api, ma nel passato tutto ciò non era stato per Siddharta che un velo effimero e menzognero calato davanti

81

ai suoi occhi, considerato con diffidenza e destinato a essere trapassato e dissolto dal pensiero, poiché non era realtà: la realtà era al di là delle cose visibili. Ma ora il suo occhio liberato s'indugiava al di qua, vedeva e riconosceva le cose visibili, cercava la sua patria in questo mondo, non cercava la « Realtà », né aspirava ad alcun al di là. Bello era il mondo a considerarlo così: senza indagine, così semplicemente, in una disposizione di spirito infantile. Belli la luna e gli astri, belli il ruscello e le sue sponde, il bosco e la roccia, la capra e il maggiolino, fiori e farfalle. Bello e piacevole andar così per il mondo e sentirsi così bambino, così risvegliato, così aperto all'immediatezza delle cose, così fiducioso. Diverso era ora l'ardore del sole sulla pelle, diversamente fredda l'acqua dei ruscelli e dei pozzi, altro le zucche e le banane. Brevi erano i giorni, brevi le notti, ogni ora volava via rapida come vela sul mare, e sotto la vela una barca carica di tesori, piena di gioia. Siddharta vedeva un popolo di scimmie agitarsi su tra i rami nell'alta volta del bosco e ne udiva lo strepito selvaggio e ingordo. Siddharta vedeva un montone inseguire una pecora e congiungersi con lei. Tra le canne di una palude vedeva il luccio cacciare affannato verso sera: davanti a lui i pesciolini sciamavano a frotte rapidamente, guizzando e balenando fuor d'acqua impauriti; un'incalzante e appassionata energia si sprigionava dai cerchi precipitosi che l'impetuoso cacciatore tracciava nell'acqua.

Tutto ciò era sempre stato, ed egli non l'ave-

va mai visto: non vi aveva partecipato. Ma ora
sì, vi partecipava e vi apparteneva. Luce e ombra attraversavano la sua vista, le stelle e la
luna gli attraversavano il cuore.

Cammin facendo Siddharta si ricordò anche di
tutto ciò che gli era successo nel giardino Jetavana, della dottrina che vi aveva ascoltato,
del Buddha divino, della separazione da Govinda, della conversazione col Sublime. Gli ritornarono alla mente le sue stesse parole, quelle che aveva detto al Sublime, ogni parola, e
con stupore si accorgeva che in quella occasione aveva detto cose di cui, allora, non aveva
ancora esatta coscienza. Ciò ch'egli aveva detto
a Gotama: che il segreto e il tesoro di lui, del
Buddha, non era la dottrina, ma l'inesprimi-
bile e ininsegnabile ch'egli una volta aveva vissuto nell'ora della sua illuminazione, questo
era appunto ciò che egli cominciava ora a espe-
rimentare. Di se stesso doveva far ora esperienza. Già da un pezzo s'era persuaso che il suo
stesso Io era l'Atman, di natura ugualmente
eterna che quella di Brahma. Ma mai aveva
realmente trovato questo suo Io, perché aveva
voluto pigliarlo con la rete del pensiero. Anche se il corpo non era certamente quest'Io,
e non lo era il gioco dei sensi, però non era
l'Io neppure il pensiero, non l'intelletto, non
la saggezza acquisita, non l'arte appresa di trar-
re conclusioni e dal già pensato dedurre nuovi pensieri. No, anche questo mondo del pensiero restava di qua, e non conduceva a nessuna meta uccidere l'accidentale Io dei sensi
per impinguare il non meno accidentale Io

del pensiero. Belle cose l'una e l'altra, il senso e i pensieri, dietro alle quali stava nascosto il significato ultimo; a entrambe occorreva porgere ascolto, entrambe occorreva esercitare, entrambe bisognava guardarsi dal disprezzare o dal sopravvalutare, di entrambe occorreva servirsi per origliare alle voci più profonde dell'Io. A nulla egli voleva d'ora innanzi aspirare, se non a ciò cui la voce gli comandasse d'aspirare, in nessun luogo indugiarsi, se non dove glielo consigliasse la voce. Perché un giorno Gotama, nell'ora fatidica, s'era seduto sotto l'albero del bo, dove l'illuminazione scese in lui? Aveva udito una voce, una voce nel proprio cuore, che gli ordinava di cercar riposo sotto quell'albero, ed egli non aveva anteposto penitenze, sacrifici, abluzioni o preghiera, non cibo o bevanda, non sonno né sogni; egli aveva obbedito alla voce. Obbedire così, non a un comando esterno, ma solo alla voce, essere pronto così, questo era bene, questo era necessario, null'altro era necessario.

Nella notte, mentre dormiva nella capanna di paglia d'un barcaiolo sulla riva del fiume, Siddharta ebbe un sogno: Govinda gli stava innanzi, in una gialla tonaca da monaco. Triste sembrava Govinda, e triste chiedeva: perché mi hai abbandonato? Allora egli abbracciava Govinda, lo cingeva con le braccia, e mentre lo tirava al proprio petto e lo baciava, non era più Govinda, ma una donna, dall'abito della donna sfuggiva un seno rigonfio a cui Siddharta s'attaccava e beveva: dolce e forte il sapore del latte di quel seno. Sapeva di donna e d'uomo, di sole e di bosco, di bestia e di fiore, d'ogni frutto, d'ogni piacere. Inebbriava e privava della coscienza. Quando Siddharta si svegliò, pallido, scintillava il fiume attraverso la porta della capanna e nel bosco echeggiava profondo e sonoro l'oscuro richiamo della civetta.

Quando il giorno fu cominciato, Siddharta pregò il suo ospite, il barcaiolo, di traghettarlo oltre il fiume. Il barcaiolo lo fece salire sulla sua zattera di bambù; l'ampia distesa d'acqua s'imporporava nella luce del mattino.

« Un bel fiume » diss'egli al suo compagno.

« Sì, » rispose il barcaiolo « bellissimo fiume, io lo amo più d'ogni altra cosa. Spesso lo ascolto, spesso lo guardo negli occhi, e sempre ho imparato qualcosa da lui. Molto si può imparare da un fiume ».

« Ti ringrazio, mio benefattore » disse Siddharta quando saltò sull'altra riva. « Non ho alcun dono con cui ricambiare la tua ospitalità, né ho denaro per pagarti il traghetto. Non ho casa, io, sono un figlio di Brahmino e un Samana ».

« L'avevo ben visto, » disse il barcaiolo « e non m'aspettavo nessun compenso da te, e nessun dono in cambio dell'ospitalità. Mi darai il dono un'altra volta ».

« Lo credi? » chiese Siddharta di buon umore.

« Sicuramente. Anche questo ho imparato dal fiume: tutto ritorna! Anche tu, o Samana, ritornerai. Ora addio! Possa la tua amicizia essere il mio compenso. Ricordati di me quando sacrifichi agli dèi ».

Si separarono sorridendo. Sorridendo si rallegrò Siddharta dell'amicizia e della cortesia del
barcaiolo. « È come Govinda, » pensava sorridendo « tutti coloro che incontro sul mio cammino sono come Govinda. Tutti sono riconos-
scenti, mentre avrebbero essi stessi diritto a riconoscenza. Tutti sono sottomessi, tutti desiderano essere amici, desiderano obbedire e pensare meno che si può. Bambini son gli uomini ».
Verso mezzogiorno passò attraverso un villaggio. Davanti alle capanne di loto bambini ruz-
zolavano sulla strada, giocavano con scorze di
zucca e conchiglie, gridavano e s'azzuffavano,
ma scapparono tutti spaventati davanti al Samana forestiero. Alla estremità del villaggio la
strada attraversava un ruscello, e sulla riva del
ruscello era inginocchiata una giovane donna
e lavava. Come Siddharta la salutò, ella levò il
capo e lo guardò sorridendo, sì che egli le vide
balenare il bianco degli occhi. Egli le gridò
un augurio, come si suol fare tra viaggiatori,
e le chiese quanto cammino ci fosse ancora fino
alla città grande. Allora ella si alzò e gli si avvicinò: bella le splendeva la bocca nel giovane
volto. Scambiò con lui alcune parole scherzo-
se, gli chiese se avesse già mangiato, se fosse
vero che i Samana di notte dormono soli nei
boschi e non possono tener donne con sé. Ciò
dicendo pose il piede sinistro sul destro e fece
un movimento come fa la donna quando invita
l'uomo a quella forma di godimento d'amore
che i libri della dottrina chiamano « l'arram-
picata sull'albero ». Siddharta si sentì divam-

pare il sangue e poiché in quell'istante gli ritornò in mente il suo sogno, egli si chinò un poco verso la donna e le baciò la bruna punta del seno. Quindi sollevando lo sguardo vide il suo volto sorridere vogliosamente e gli occhi rimpicciolirsi e quasi dissolversi nel desiderio. Anche Siddharta sentì desiderio, e si commosse la sua virilità; ma, come non aveva ancora mai toccato donna, le sue mani, già pronte ad afferrare, esitarono un momento. E in quel momento udì, rabbrividendo, la voce della sua coscienza, e la voce diceva: no. Allora sparì ogni incanto dal volto sorridente della giovinetta, egli non vide più altro che l'umido sguardo d'una bestiola in calore. L'accarezzò affettuosamente sulla guancia, si distolse da lei, delusa, e scomparve davanti ai suoi occhi con passo leggero nel canneto di bambù.

Quello stesso giorno raggiunse, in serata, una grande città, e si rallegrò, poiché desiderava ardentemente trovarsi fra gli uomini. A lungo era vissuto nei boschi, e la capanna di paglia del barcaiolo, in cui aveva dormito quella notte, era stata, dopo molto tempo, il primo tetto che si trovasse ad avere sul capo.

All'ingresso della città, presso un bel boschetto cintato, s'imbatté nel pellegrino una piccola schiera di servitori carichi di ceste. In mezzo a loro, in un'adorna lettiga portata da quattro persone, sedeva su cuscini rossi, sotto un parasole variopinto, una signora, la padrona. Siddharta si fermò presso l'ingresso del giardino e contemplò la sfilata del corteo, guardò i servi, le ancelle, guardò la lettiga e vide nella lettiga la dama. Sotto neri capelli acconciati a guisa di torre egli vide un volto luminoso, molto tenero, molto vivace, una bocca rossa come un fico appena spezzato, sopracciglia curate e dipinte in alto arco, occhi neri intelligenti e vivaci, collo fragile e sottile che emergeva dal corpetto verde e oro; le candide mani riposavano lunghe e strette, con larghi cerchi d'oro ai polsi.

Siddharta vide quanto fosse bella, e rise il suo cuore. S'inchinò profondamente quando la lettiga s'avvicinò, e rialzandosi spiò nel caro volto luminoso, lesse per un istante nei vividi occhi sotto l'alto arco delle sopracciglia, respirò una ventata di profumo ignoto. Sorridendo accennò un saluto la bella donna, per un attimo, quindi sparì nel boschetto, e dietro a lei i servi.

Così mi accosto a questa città, pensò Siddharta, sotto un dolce presagio. Avrebbe avuto voglia di entrare subito in quel giardino, ma si trattenne, e solo allora si rese conto del modo con cui servitori e ancelle l'avevano considerato all'ingresso, con quanto disprezzo, con quanta diffidenza, con quanta repulsione.

Sono ancora un Samana, pensò, ancor sempre un eremita e un mendicante. Non posso rimanere in questo stato; non così posso pretendere di entrare nel giardino. E rise.

Dalla prima persona in cui s'imbatté per strada s'informò del giardino e del nome di quella donna, e apprese che quello era il giardino di Kamala, la celebre cortigiana, e che oltre a quel boschetto ella possedeva una casa in città.

Allora egli entrò in città. Adesso aveva uno scopo. Perseguendo questo scopo si lasciò inghiottire dalla città, s'immerse nella corrente delle strade, si fermò nelle piazze, riposò sui gradini di pietra in riva al fiume. Verso sera strinse amicizia con un garzone barbiere che aveva visto lavorare nell'ombra di un portico e poi aveva ritrovato, intento alla preghiera, in un tempio di Visnu. Gli raccontò le storie di Visnu e di Lakshmi, poi passò la notte dormendo presso le barche ormeggiate in riva al fiume e di buon mattino, prima che i primi clienti entrassero nella bottega, si fece radere la barba e tagliare i capelli dal garzone barbiere, nonché pettinare la chioma e ungere di essenze profumate. Poi andò a bagnarsi nel fiume.

Nel tardo pomeriggio, quando la bella Kamala giungeva in lettiga al suo boschetto, Siddharta stava all'ingresso, s'inchinò e ricevette il saluto della cortigiana. Ma all'ultimo dei servi che sfilavano in corteo egli fece un cenno e ordinò di annunciare alla signora che un giovane Brahmino desiderava parlarle. Dopo un poco ritornò il servo, lo invitò a seguirlo, lo condusse silenziosamente in un padiglione dove Kamala riposava su di un divano, e lo lasciò solo con lei.

« Non sei tu ch'eri là fuori già ieri e che m'hai salutata? » chiese Kamala.

« Certo: ti ho già vista ieri e ti ho salutata ».

« Ma ieri non avevi la barba, e i capelli lunghi e impolverati? ».

« Bene hai osservato, nulla è sfuggito al tuo sguardo. Tu hai visto Siddharta, il figlio del Brahmino, che ha abbandonato casa sua per diventare un Samana e per tre anni è stato veramente un Samana. Ma ora ho abbandonato quella strada, e venni in questa città, e la prima in cui m'imbattei, all'ingresso di questa città fosti tu. Per dirti questo sono venuto, o Kamala! Tu sei la prima donna a cui Siddharta parli altrimenti che con occhi bassi. Mai più voglio abbassare gli occhi, quando una bella donna mi sta di fronte ».

Kamala sorrise e giocherellò col suo ventaglio di penne di pavone. E chiese:

« E solo per dirmi questo Siddharta è venuto a me? ».

« Per dirti questo e per ringraziarti di essere così bella. E se non ti dispiace, Kamala, vorrei pregarti d'essere mia amica e maestra, poiché non so ancora nulla dell'arte in cui tu sei maestra ».

Questa volta Kamala rise a voce spiegata.

« Mai mi è successo, amico, che un Samana venisse a me dal bosco per mettersi alla mia scuola! Mai mi è successo che venisse a me un Samana dai capelli lunghi e in vecchio abito stracciato da penitenza! Molti giovanotti vengono a me, e tra questi anche figli di Brahmini, ma vengono ben vestiti, ben calzati, uno squisito profumo nei capelli e molto denaro in tasca. Così, o Samana, sono fatti i giovanotti che vengono a trovarmi ».

90

Parlò Siddharta: «Ecco che già comincio a imparare da te. Anche ieri ho già imparato. Già ho smesso la barba, ho pettinato e profumato i capelli. Poco è ciò che ancora mi manca, o bellissima: abiti eleganti, scarpe fini, denaro in tasca. Sappi che Siddharta s'è proposto scopi ben più difficili che queste bagatelle, e c'è riuscito. Perché mai non dovrei riuscire in ciò che ieri mi sono proposto: diventare tuo amico e apprendere da te le gioie dell'amore! Tu mi sarai maestra, Kamala: ho appreso cose ben più difficili di ciò che mi devi insegnare. E ora dunque: non ti basta Siddharta così com'è, coi capelli profumati, ma senz'abiti, senza scarpe, senza denaro?».

Ridendo esclamò Kamala: «No, caro mio, ancora non mi basta. Abiti devi avere, abiti eleganti, e scarpe, scarpe fini, e molto denaro in tasca, e doni per Kamala. Lo sai ora, Samana del bosco? Te ne sei ben preso nota?».

«Ben me ne sono preso nota» rispose Siddharta. «Come non dovrei prendermi nota di ciò che viene da una tal bocca! La tua bocca è come un fico appena spezzato, Kamala. Anche la mia bocca è rossa e fresca, e piacerà alla tua, vedrai. Ma dimmi, bella Kamala, non hai proprio nessuna paura del Samana del bosco che è venuto a imparare l'amore?».

«Perché mai dovrei aver paura di un Samana, uno sciocco Samana del bosco, che viene dal regno degli sciacalli e ancora non sa che siano le donne?».

«Oh, ma è forte, il Samana, e non ha paura di nulla. Egli potrebbe costringerti, bella fan-

91

ciulla. Potrebbe rapirti. Potrebbe farti male ».

« No, Samana, di questo non ho paura. Ha mai avuto paura, un Samana o un Brahmino, che qualcuno potesse venire ad afferrarlo e gli strappasse la sua dottrina, la sua devozione e la profondità del suo ingegno? No, perché questi beni appartengono a lui in proprio, ed egli ne dona solo ciò che vuol dare, e solo a chi vuole. E lo stesso, proprio lo stesso è per Kamala e per le gioie dell'amore. Bella e rossa è la bocca di Kamala, ma provati a baciarla contro il volere di Kamala, e non ne trarrai una goccia di dolcezza, da quella bocca che tanta dolcezza sa distillare! Tu sei un sapiente, o Siddharta; ebbene, impara anche questo: l'amore si può mendicare, comprare, regalare, si può trovarlo per caso sulla strada, ma non si può estorcere. Quella che hai escogitato è una via sbagliata. No, sarebbe un peccato se un bel giovanotto come te volesse cominciare così male ».

Siddharta fece un inchino, e sorrise. « Peccato sarebbe, Kamala, quanto hai ragione! Soprattutto sarebbe peccato. No, non una goccia di dolcezza della tua bocca deve andarmi perduta, né a te della mia. Dunque resta inteso: Siddharta ritornerà quando abbia ciò che ancora gli manca: abiti, scarpe, denaro. Ma dimmi, cara Kamala, non puoi darmi ancora un piccolo consiglio? ».

« Un consiglio? E perché no? Chi non darebbe di buon grado un consiglio a un povero Samana ignorante, che arriva dai boschi degli sciacalli? ».

« Cara Kamala, allora consigliami: dove devo andare a trovare al più presto quelle tre cose? ».

« Caro mio, questo è quanto molti vorrebbero sapere. Devi eseguire ciò che hai imparato e farti dare in cambio denaro, abiti, scarpe. Non c'è altro mezzo, per un povero, di procurarsi denaro. Che cosa sai fare, dunque? ».

« Io so pensare. So aspettare. So digiunare ».

« Nient'altro? ».

« Niente. Però... so anche comporre versi. Vuoi darmi un bacio per una poesia? ».

« Te lo darò se la tua poesia mi piace. Sentiamo un po' ».

Siddharta si raccolse un momento, quindi pronunciò questi versi:

Nel suo ombroso boschetto entrava la bella Kamala,
all'ingresso del boschetto stava il bruno Samana.
Profondamente s'inchinò quando vide il Fior di Loto,
con un sorriso ringraziò Kamala.
Più ameno, pensò il giovane, che sacrificare agli dèi,
più ameno è sacrificare alla bella Kamala.

Kamala batté le mani con forza, sì che i braccialetti d'oro tintinnarono.

« Belli sono i tuoi versi, bruno Samana, e veramente io non ci faccio un cattivo affare se ti do in cambio un bacio ».

Ella lo invitò a sé con gli occhi, chinò il proprio volto sul suo e gli posò sulla bocca la bocca, ch'era come un fico appena spezzato. Lungamente lo baciò Kamala, e con profondo stupore Siddharta sentì quanto ella lo istruisse, quanto fosse sapiente, quanto lo dominasse, ora respingendolo e ora attirandolo, e soprattutto intuì come dietro a questo primo bacio stesse una lunga, una bene ordinata, bene esperimentata serie di baci, l'uno dall'altro diverso, che ancora lo attendevano. Rimase lì esterrefatto, respirando profondamente, e in quel momento era come un bambino stupito per la copia del sapere e per la quantità di cose da imparare che gli si schiudono davanti agli occhi.

« Bellissimi sono i tuoi versi, » esclamò Kamala « se fossi ricca li pagherei a peso d'oro. Ma ti riuscirà difficile guadagnare coi versi tanto denaro quanto te ne occorre. Perché ti occorre molto denaro, se vuoi diventare l'amico di Kamala ».

« Come sai baciare, Kamala! » balbettò Siddharta.

« Sì, so baciare bene, e appunto per questo non mi mancano abiti, scarpe, braccialetti e ogni sorta di belle cose. Ma che sarà di te? Non sai fare nient'altro che pensare, digiunare e verseggiare? ».

« Conosco anche le canzoni dei sacrifici, » disse Siddharta « ma non le voglio più cantare. Conosco anche formule magiche, ma non le voglio più pronunciare. Ho letto le Scritture... ».

« Un momento » lo interruppe Kamala. « Sai leggere? E scrivere? ».

« Certo che so. Tanti sanno leggere e scrivere ».

« Mica tanti come credi. Io per la prima. Va

94

benissimo che tu sappia leggere e scrivere, molto bene. Anche delle formule magiche avrai ancora bisogno».

A questo punto arrivò di corsa un'ancella e sussurrò qualcosa all'orecchio della padrona.

«Mi arriva una visita» esclamò Kamala. «Svelto, sparisci, Siddharta; nessuno deve vederti qui, ricordati! Ci rivedremo domani».

Ma ella comandò ancora all'ancella di dare al pio Brahmino un mantello bianco. Senza ben rendersi conto come ciò avvenisse, Siddharta si vide spinto via dall'ancella, per sentierini traversi condotto in un padiglione del giardino, fornito d'un mantello, guidato in mezzo al boschetto e insistentemente ammonito a scomparire al più presto e non visto dal giardino.

Tutto contento, fece come gli era stato comandato. Avvezzo alla foresta, fu un gioco per lui scavalcare la siepe e uscire silenziosamente dal boschetto. Ritornò soddisfatto in città, portando sottobraccio il mantello arrotolato. Giunto a un albergo frequentato da viaggiatori, si piazzò accanto alla porta, mendicò in silenzio un po' di cibo, in silenzio si mangiò un pezzo di torta di riso. Forse già domani – pensava – non mendicherò più il cibo da nessuno. Improvviso divampò in lui l'orgoglio. Non era più un Samana, era indegno di lui il mendicare. Gettò la torta di riso a un cane e restò senza cibo.

«Semplice è la vita che si conduce qui nel mondo» pensava Siddharta. «Non presenta difficoltà di sorta. Tutto era difficile, faticoso e, in definitiva, privo di speranze, quand'ero ancor Samana. Ora tutto è facile, facile come la lezione di bacio che Kamala mi ha impartito. Ho bisogno d'abiti e denaro, e nient'altro. Bell'affare! Queste sono piccolezze, a portata di mano, non son problemi che ci si debba perdere il sonno ».

S'era subito informato circa la casa di città di Kamala, e là si trovò il giorno dopo.

« Andiamo bene » ella gli gridò incontro. « Sei aspettato da Kamaswami, il più ricco mercante della città. Se gli vai a genio, ti assumerà in servizio. Sii furbo, bruno Samana. Da altri gli ho fatto parlare di te. Sii cortese con lui: è molto potente. Ma non essere troppo modesto! Non voglio che tu divenga un suo servo: devi diventare un suo pari, altrimenti non sarò soddisfatta di te. Kamaswami comincia a diventare vecchio e pigro. Se gli vai a genio, può darsi che ti affidi grandi cose ».

Siddharta la ringraziò e rise, ed ella, come apprese che non aveva toccato cibo né ieri né oggi, gli fece portare pane e frutta e lo rifocillò.

« Hai avuto fortuna » gli disse all'atto di separarsi. « Le porte ti si aprono innanzi l'una dopo l'altra. Come fai? Hai qualche incantesimo? ».

Siddharta disse: « Ieri ti raccontai che so pensare, aspettare e digiunare, ma tu trovasti che ciò non serve a nulla. Eppure serve molto, Kamala, lo vedrai. Vedrai che gli sciocchi Samana del bosco imparano molte belle cose e possono ciò che voi non potete. Ier l'altro ero ancora un mendicante dalla barbaccia incolta,

96

ieri ho già baciato Kamala, e presto sarò un mercante e avrò denaro e tutte quelle cose di cui tu fai tanto conto ».

« È un fatto » ammise Kamala. « Ma come ti troveresti senza di me? Che saresti se Kamala non ti aiutasse? ».

« Cara Kamala, » disse Siddharta, drizzandosi in tutta la sua altezza « quand'io venni nel tuo boschetto feci il primo passo. Era mio proposito imparare l'amore da questa bellissima donna. Dal momento in cui formulai il proposito seppi anche che l'avrei attuato. Sapevo che mi avresti aiutato, ne fui certo fin dal tuo primo sguardo all'ingresso del boschetto ».

« Ma se io non avessi voluto? ».

« Tu hai voluto. Vedi, Kamala, se tu getti una pietra nell'acqua, essa si affretta per la via più breve fino al fondo. E così è di Siddharta, quando ha una meta, un proposito. Siddharta non fa nulla. Siddharta pensa, aspetta, digiuna, ma passa attraverso le cose del mondo come la pietra attraverso l'acqua, senza far nulla, senza agitarsi: viene scagliato, ed egli si lascia cadere. La sua meta lo tira a sé, poiché egli non conserva nulla nell'anima propria, che potrebbe contrastare a questa meta. Questo è ciò che Siddharta ha imparato dai Samana. Questo è ciò che gli stolti chiamano magia, credendo che sia opera dei demoni. Ognuno può compiere opera di magia, ognuno può raggiungere i propri fini, se sa pensare, se sa aspettare, se sa digiunare ». Kamala lo ascoltava. Amava la sua voce, amava lo sguardo dei suoi occhi.

« Forse è così », disse piano « così come tu dici,

amico. Forse è anche così che Siddharta è un bell'uomo, il suo sguardo piace alle donne, e per questo la fortuna gli corre incontro».

Siddharta prese congedo con un bacio. «Così sia, mia maestra. Possa sempre piacerti il mio sguardo, possa sempre da te corrermi incontro la fortuna!».

TRA GLI UOMINI-BAMBINI

Siddharta andò dal mercante Kamaswami. Gli fu indicata una bella casa; fra preziosi tappeti, servi lo condussero a una camera, dove rimase in attesa del padron di casa.

Entrò Kamaswami, un uomo vivace e duttile, dai capelli fortemente grigi, occhi accorti e guardinghi, bocca avida. L'ospite e il padron di casa si salutarono cortesemente.

« Mi è stato detto » cominciò il mercante « che tu sei un Brahmino molto istruito, ma che cerchi un impiego presso un mercante. Sei caduto in miseria, Brahmino, per cercare impiego? ».

« No, » disse Siddharta « non sono caduto in miseria e non son mai stato in miseria. Sappi che vengo dai Samana, presso i quali sono vissuto per molto tempo ».

« Se vieni dai Samana, come fai a non essere

in miseria? Non vivono i Samana in assoluta povertà? ».

« Povero lo sono, » disse Siddharta « non possiedo niente, se è questo che intendi dire. Certamente son povero. Ma lo sono volontariamente, quindi non sono in miseria ».

« Ma di che vuoi vivere se non possiedi nulla? ».

« Non ci ho mai pensato, signore. Per più di tre anni sono vissuto nella più assoluta povertà, e non ho mai pensato di che potessi vivere ».

« Allora sei vissuto dei beni degli altri ».

« Probabilmente è così. Anche il mercante vive dei beni degli altri ».

« Ben detto. Ma egli non prende la roba agli altri per nulla; dà in cambio la propria merce ».

« Così pare, difatti, che stia la cosa. Ognuno prende, ognuno dà. Così è la vita ».

« Ma permetti: se tu non possiedi nulla cosa vuoi dare? ».

« Ognuno dà di quel che ha. Il guerriero dà la forza, il mercante la merce, il saggio la saggezza, il contadino riso, il pescatore pesci ».

« Benissimo. E che cos'è dunque che tu hai da dare? Che cosa hai appreso, che sai fare? ».

« Io so pensare. So aspettare. So digiunare ».

« E questo è tutto? ».

« Credo che sia tutto ».

« E a che serve? Per esempio il digiunare: a che serve? ».

« È un'ottima cosa, signore. Quando un uomo non ha niente da mangiare, digiunare è la

100

più bella cosa che possa fare. Se, per esempio, Siddharta non avesse imparato a digiunare, oggi stesso dovrebbe assumere qualche impiego, da te o in qualunque altro posto, perché la fame ve lo costringerebbe. Ma invece Siddharta può aspettare tranquillo, non conosce impazienza, non conosce miseria, può lasciarsi a lungo assediare dalla fame e ridersene. A questo, signore, serve il digiuno ».

« Hai ragione, Samana. Ora attendi un momento ».

Kamaswami uscì e ritornò con un rotolo, che porse al suo ospite, chiedendo: « Sai leggere questo? ».

Siddharta esaminò il rotolo, in cui era redatto un contratto commerciale, e cominciò a leggerne il contenuto.

« Benissimo » disse Kamaswami. « E vuoi scrivermi qualcosa su questo foglio? ».

Ciò dicendo gli porgeva un foglio e uno stilo: e Siddharta scrisse e restituì il foglio.

Kamaswami lesse: « Scrivere è bene, pensare è meglio. L'intelligenza è bene, la pazienza è meglio ».

« Scrivi magnificamente » lodò il mercante. « Di molte cose avremo ancora da discorrere insieme, noi due. Per oggi, ti prego, sii mio ospite e prendi dimora in questa casa ».

Siddharta ringraziò e accettò, ed ecco, ora abitava nella casa del mercante. Gli furono portati abiti e scarpe, e tutti i giorni un servo gli preparava il bagno. Due volte al giorno si serviva un ricco pasto, ma Siddharta prendeva cibo soltanto una volta al giorno, e non mangiava carne né beveva vino. Kamaswami gli narrò del proprio commercio, gli mostrò merci e magazzini, gli espose i propri conti di cassa. Molte cose nuove apprese Siddharta, ascoltò molto e parlò poco. E, memore delle parole di Kamala, non si assoggettò mai al mercante, bensì lo costrinse a trattarlo come un suo pari, anzi, meglio che come un suo pari. Kamaswami conduceva i propri affari con accuratezza e spesso con passione, ma Siddharta considerava tutto ciò come un gioco, le cui regole egli si sforzava d'apprendere esattamente, ma al cui contenuto restava indifferente il suo cuore.

Non era passato molto tempo da che era entrato in casa di Kamaswami, e già egli diventava compartecipe al commercio del suo padron di casa. Ma ogni giorno, all'ora ch'ella gli aveva stabilito, ben vestito, elegantemente calzato, visitava la bella Kamala, e ben presto prese anche a portarle regali. Molto gli apprese la sua bocca rossa, sapiente. Molto gli apprese la sua tenera, morbida mano. A lui, che in amore era ancora un ragazzo, e perciò incline a precipitarsi ciecamente e insaziabilmente nel piacere come in un abisso, ella insegnò a fondo la dottrina che non si ottiene piacere senza dare piacere, e che ogni gesto, ogni carezza, ogni contatto, ogni sguardo, ogni minima posizione del corpo ha il suo segreto, la cui scoperta avvia alla consapevole felicità. Gli apprese che, dopo una festa d'amore, gli amanti non debbono separarsi se non compresi di reciproca ammirazione, se non vinti e vincitori a un tempo, cosicché in nessuno dei due insorgano sazietà e squallore e il sentimento cattivo d'avere abusato o d'aver subìto un abuso. Ore meravigliose egli trascorse presso la bella ed esperta artista, e divenne suo scolaro, suo amante, suo amico. Qui, presso Kamala, era il senso e il pregio della vita ch'egli ora conduceva, non nel commercio di Kamaswami.

Il mercante lo incaricò della redazione di lettere e contratti importanti, e prese l'abitudine di consigliarsi con lui in tutte le occasioni gravi. Ben presto s'accorse che in fatto di riso e di lana, di navigazione e commercio Siddharta ci capiva poco, ma aveva la mano felice, e inoltre lo superava in quanto a calma e a ponderatezza, e anche nell'arte di stare ad ascoltare e d'insinuarsi in mezzo a gente estranea. « Questo Brahmino » disse un giorno a un amico « non è un vero commerciante e non lo diventerà mai; mai la sua anima conoscerà la passione degli affari. Ma possiede il segreto di quegli uomini ai quali il successo corre dietro, o che si tratti di magia, o di qualcosa ch'egli abbia imparato dai Samana. Con gli affari, ha sempre l'aria di giocarci; mai essi lo assorbono, mai s'impossessano di lui. Non l'ho mai visto aver paura d'un insuccesso, né inquietarsi per una perdita ». L'amico consigliò al mercante: « Sugli affari che fa per te, dagli un terzo del guadagno, ma imponigli anche la stessa partecipazione alle perdite, quando ce ne sono. Così s'impegnerà con maggior zelo ».

Kamaswami seguì il consiglio. Ma Siddharta non mostrò di farci caso. Guadagnava? inta-

scava il guadagno con indifferenza. Perdeva?
ci faceva su una risata e diceva: « Oh guarda,
anche questa è andata male! ».
In realtà, sembrava che gli affari gli fossero in-
differenti. Una volta fece un viaggio a un villaggio per comprarvi una grossa partita di riso.
Ma quando giunse, il riso era già stato ven-
duto a un altro mercante. Tuttavia Siddharta rimase diversi giorni in quel villaggio, offrì
banchetti ai contadini, regalò monetine di rame ai loro marmocchi, prese parte a una festa
di nozze e finalmente ritornò soddisfattissimo
dal suo viaggio. Kamaswami lo rimproverò:
perché non era tornato subito? perché aveva
sciupato tempo e denaro? Siddharta rispose:
« Non mi sgridare, caro amico! Non è ancora
mai successo che sgridando si concludesse qualcosa. Se c'è stata perdita, addossala pure a me.
Io sono molto contento di questo viaggio. Ho
conosciuto ogni sorta d'uomini, un Brahmino
è diventato mio amico, ho fatto ballare bambini sulle ginocchia, i contadini mi hanno
mostrato i loro campi, nessuno mi ha trattato
come un mercante ».
« Tutto questo è molto bello, » esclamò Kamaswami indispettito « ma il fatto è che tu
sei precisamente un mercante, se non mi sba-
glio! Oppure hai voluto fare soltanto un viag-
getto di piacere? ».
Siddharta rise: « Certo, certo, ho viaggiato per
mio piacere. Per che altro mai? Ho conosciuto
uomini e paesi, ho goduto cortesie e confiden-
ze, ho trovato amicizie. Vedi, amico, se io fossi
stato Kamaswami, sarei subito ripartito in fret-

ta e pieno di dispetto, appena visto sfumato l'affare, e allora tempo e denaro sarebbero stati realmente perduti. Ma così ho trascorso delle belle giornate, ho imparato, ho goduto la compagnia di amici, non ho danneggiato né me né il prossimo col dispetto e la fretta. E se mai capiterà ch'io debba ritornare un'altra volta laggiù, forse per comprare il prossimo raccolto, oppure per qualunque altro scopo, quegli uomini, che già mi sono amici, mi accoglieranno lietamente, e io avrò soltanto da lodarmi di non aver mostrato questa volta né fretta né irritazione. Dunque lascia perdere, amico, e non farti torto con l'ira! Quando venga il giorno, in cui tu ti debba accorgere: questo Siddharta mi fa del danno, allora di' una parola, e Siddharta se n'andrà per la sua strada. Ma fino allora restiamo soddisfatti l'un dell'altro».

Vani furono anche i tentativi del mercante per convincere Siddharta che egli mangiava il suo pane, suo di lui, Kamaswami. Siddharta mangiava il proprio pane, o meglio – diceva – entrambi mangiavano il pane degli altri, il pane di tutti. Mai una volta che Siddharta porgesse orecchio ai fastidi di Kamaswami, e non è a dire quanti fastidi avesse Kamaswami. Se un affare in corso minacciava di fallire, se una spedizione di merce pareva perduta, se un debitore aveva l'aria di non poter pagare, mai poté Kamaswami persuadere il suo collaboratore che servisse a qualche cosa sciupare parole d'affanno o d'ira, farsi venir le rughe sulla fronte, perderci il sonno. Una volta che Kamaswami gli rinfacciò che tutto quello ch'egli sapeva lo aveva appreso da lui, Siddharta sbottò in questa risposta: «Non avrai la pretesa di abbindolarmi con queste storie! Da te ho imparato quanto costa una cesta di pesci, e quale interesse si deve esigere per il denaro dato a prestito. Questa è la tua scienza. Ma a pensare non ho imparato da te, caro Kamaswami, cerca piuttosto tu di imparare da me». Ma in realtà la sua anima non era in quel commercio. Buona cosa gli affari, perché gli procuravano denaro per Kamala; e gliene procuravano ormai più del necessario. Del resto tutto l'interesse e la curiosità di Siddharta erano per gli uomini, i cui affari, mestieri, affanni, piaceri e pazzie gli erano stati un tempo lontani ed estranei come la luna. Tanto gli riusciva facile chiacchierare con tutti, vivere con tutti, imparare da tutti, altrettanto rimaneva consapevole, tuttavia, che qualcosa lo separava da loro; e questo qualcosa era la sua qualità di Samana. Vedeva gli uomini vivere alla maniera di bimbi o di bestie, sì che a un tempo era costretto ad amarli e a disprezzarli. Li vedeva affannarsi, soffrire e farsi i capelli grigi, per cose che a lui parevano di nessun conto: denaro, piccoli piaceri, piccoli onori, e li vedeva litigarsi e accapigliarsi, li vedeva lamentarsi di dolori sui quali il Samana sorride, e soffrire per privazioni di cui il Samana nemmeno s'accorge.

Egli restava sempre aperto a tutto ciò che questi uomini avessero da offrirgli. Benvenuto era per lui il mercante che gli offriva l'acquisto d'una partita di tela, benvenuto lo spiantato

che gli chiedeva un prestito, benvenuto il mendicante che stava per un'ora a raccontargli la
storia della sua miseria e che non era neanche
la metà così povero come un qualunque Samana. Con il grande mercante di oltremare
non trattava diversamente che con il servo che
gli faceva la barba o col venditore ambulante,
dal quale si lasciava truffare di qualche mone-
tina nell'acquisto di un grappolo di banane.
Quando Kamaswami veniva da lui per lamentarsi a proposito dei suoi fastidi o per fargli
rimproveri a proposito di qualche affare, egli
lo ascoltava attento e sereno, si meravigliava
di lui, cercava di comprenderlo, lasciava che si
sfogasse un po', quel tanto che gli pareva in-
dispensabile, e poi lo piantava in asso e si
rivolgeva ad altri, al primo che cercasse di lui.
E venivano in molti da lui, molti per fare affari con lui, molti per ingannarlo, molti per
ascoltarlo, molti per invocare la sua compassione, molti per averne consiglio. Ed egli dava consigli, dimostrava compassione, donava,
si lasciava un poco ingannare, e tutto questo
gioco, e la passione con cui gli uomini lo giocavano, occupavano ora i suoi pensieri tanto
quanto li occupavano un tempo Brahma e gli
altri dèi.
A volte percepiva, nella profondità dell'anima, una voce lieve, spirante, che piano lo am-
moniva, piano si lamentava, così piano ch'egli
appena se ne accorgeva. Allora si rendeva conto per un momento che viveva una strana vita,
che faceva cose ch'erano un mero gioco, che
certamente era lieto e talvolta provava gioia,

ma che tuttavia la vita vera e propria gli scorreva accanto senza toccarlo. Come un giocoliere coi suoi arnesi, così egli giocava coi propri affari e con gli uomini che lo circondavano, li osservava, si pigliava spasso di loro: ma col cuore, con la fonte dell'essere suo egli non era presente a queste cose. E qualche volta egli rabbrividì a simili pensieri, e si augurò che anche a lui fosse dato di partecipare con la passione di tutto il suo cuore a questo puerile travaglio quotidiano, di vivere realmente, di agire realmente e di godere ed esistere realmente, e non solo star lì a parte come uno spettatore.

Ma sempre ritornava dalla bella Kamala, apprendeva l'arte d'amore, praticava il culto del piacere, nel quale più che in ogni altra azione dare e avere si fanno una cosa sola; discorreva con lei, imparava da lei, le dava consigli, ascoltava consigli. Ella lo comprendeva ancor meglio di quanto l'avesse un tempo compreso Govinda; era più simile a lui. Una volta egli le disse: « Tu sei come me, sei diversa dalla maggior parte delle altre persone. Tu sei Kamala, e nient'altro, e in te c'è un silenzio, un riparo nel quale puoi rifugiarti in ogni momento e rimanervi a tuo agio; anche a me succede così. Ma poche persone posseggono questa dote, sebbene tutti potrebbero averla ».

« Non tutti gli uomini sono intelligenti » disse Kamala.

« No, » disse Siddharta « non si tratta di questo. Kamaswami è tanto intelligente quanto lo son io, eppure non ha alcun rifugio in se stesso. Altri lo posseggono, eppure in quanto a ragione sono bambini. La maggior parte degli uomini, Kamala, sono come una foglia secca, che si libra e si rigira nell'aria e scende ondeggiando al suolo. Ma altri, pochi, sono come stelle fisse, che vanno per un loro corso preciso, e non c'è vento che li tocchi, hanno in se stessi la loro legge e il loro cammino. Fra i tanti sapienti e i Samana che ho conosciuto ce n'era uno di questa specie, un uomo perfettissimo, che non potrò mai dimenticare. È quel Gotama, il Sublime, il predicatore della nuova scienza. Migliaia di giovani ascoltano ogni giorno la sua dottrina, seguono a tutte le ore le sue prescrizioni, eppure sono tutti foglie secche, non hanno in se stessi la dottrina e la legge ».

Kamala lo contemplava sorridendo. « Di nuovo parli di lui, » disse « di nuovo i tuoi pensieri da Samana ».

Siddharta tacque, ed essi giocarono il gioco dell'amore, uno dei trenta o quaranta giochi diversi che Kamala sapeva. Il suo corpo era flessibile come quello d'un giaguaro e come l'arco d'un cacciatore; chi avesse appreso l'amore da lei, diveniva esperto di molti piaceri, di molti segreti. A lungo ella giocò con Siddharta, lo attirò, lo respinse, lo costrinse, lo lasciò, godette della sua forza, finch'egli fu vinto, e giacque esausto al suo fianco.

L'etera si chinò su di lui e lo contemplò a lungo nel volto, lo fissò negli occhi cerchiati di stanchezza.

« Sei il miglior amante ch'io abbia mai visto »

disse pensierosa. « Sei più forte degli altri, più flessibile, più tenace. Hai bene appreso l'arte mia, Siddharta. Un giorno o l'altro, quando sarò più vecchia, voglio avere un figlio da te. Ma con tutto questo, amore, tu sei rimasto un Samana, con tutto questo tu non mi ami, non ami nessuna creatura umana. Non è così? ».

« Può ben darsi che sia così » disse Siddharta con stanchezza. « Io sono come te. Anche tu non ami, altrimenti come potresti far dell'amore un'arte? Forse le persone come noi non possono amare. Lo possono gli uomini-bambini: questo è il loro segreto ».

SAMSARA

Già da lungo tempo ormai Siddharta viveva
la vita del mondo e dei piaceri, pur senza la-
sciarsene dominare. I suoi sensi, ch'egli aveva
ucciso negli aridi anni della vita di Samana,
s'erano ridestati, egli aveva assaporato la ricchezza, aveva assaporato la voluttà, assaporato
la potenza: tuttavia per molto tempo era ancora rimasto in cuore un Samana, e di questo
l'accorta Kamala s'era benissimo resa conto.
Era ancor sempre l'arte del pensare, dell'attendere, del digiunare, quello che indirizzava la
sua vita, e ancor sempre gli rimanevano estranei gli uomini del mondo, gli uomini-bambini, com'egli rimaneva estraneo a loro.
Gli anni passavano, e Siddharta, circondato
dal benessere, quasi non s'accorgeva del loro
corso. Era diventato ricco e già da tempo possedeva una casa propria con servitù e un giardino fuori della città lungo il fiume. Gli uo-

mini lo stimavano, venivano da lui quando avevano bisogno di denaro o di consigli, ma nessuno gli era realmente vicino, a eccezione di Kamala.

Quello stato di nobile e luminosa chiaroveggenza che un tempo egli aveva esperimentato, nel fiore della sua giovinezza, nei giorni seguenti alla conoscenza della dottrina di Gotama, dopo la separazione da Govinda, quell'attesa piena di tensione, quell'orgogliosa solitudine senza dottrine e senza maestri, quella duttile prontezza ad ascoltare la voce divina nel proprio cuore, erano a poco a poco passati allo stato di ricordo, s'erano dimostrati transitori; piano e lontano sussurrava la sacra fonte che un tempo gli era stata vicina, era fluita in lui stesso. Molto, certo, di ciò ch'egli aveva appreso dai Samana, da Gotama, da suo padre il Brahmino, era ancora vissuto a lungo in lui: la vita sobria, il gusto di pensare, le ore di concentrazione, la segreta scienza di se stesso, dell'eterno Io, che non è né corpo né spirito. Molto di ciò era rimasto in lui, ma una cosa dopo l'altra a poco a poco era scaduta e s'era coperta di polvere. Come la rotella del vasaio, una volta messa in moto, gira ancora a lungo, e solo lentamente il suo moto s'affievolisce e si spegne, così nell'anima di Siddharta la ruota dell'ascetismo, la ruota del pensiero, la ruota dell'isolamento aveva ancora a lungo continuato a vibrare, vibrava ancora, ma lentamente indugiava ed era ormai prossima allo stato di quiete. Lentamente, come l'umidità penetra nel tronco dell'albero che muore, lo riempie a poco a poco e lo fa marcire, il mondo e la pigrizia erano penetrati nell'animo di Siddharta, lentamente riempivano l'animo suo, lo rendevano pesante e stanco, lo addormentavano. Invece s'erano ravvivati i suoi sensi, molto avevano imparato, molto sperimentato.

Siddharta aveva imparato a condurre il commercio, a esercitare un potere sugli uomini, a compiacersi delle donne; aveva imparato a portare abiti eleganti, a comandare i servi, a prendere il bagno in acque profumate. Aveva imparato a mangiare cibi delicati e accuratamente cucinati, anche il pesce, anche la carne e gli uccelli, spezie e dolciumi, e aveva imparato a bere vino, che rende pigri e obliosi. Aveva imparato a giocare ai dadi e agli scacchi, ad ammirare danzatrici, a farsi portare in molli portantine, a dormire su un letto morbido.

Ma sempre s'era ancora sentito separato dagli altri e superiore, sempre li aveva considerati con un po' di scherno, con un po' di disprezzo canzonatorio, quel disprezzo, appunto, quale un Samana prova per la gente del mondo. Quando Kamaswami era indisposto, quando era di cattivo umore, quando si sentiva indispettito, quand'era travagliato dai suoi fastidi commerciali, sempre Siddharta l'aveva considerato con un po' di scherno. Solo lentamente e inavvertitamente, man mano che s'avvicendavano le stagioni della mietitura e le stagioni della pioggia, la sua ironia s'era fatta stanca, il suo senso di superiorità s'era affievolito. Solo lentamente, tra le sue crescenti ricchezze,

Siddharta aveva preso qualcosa delle maniere degli uomini-bambini, qualcosa della loro puerilità e della loro timidezza. Eppure li invidiava, li invidiava tanto più quanto più diventava simile a loro. Li invidiava per l'unica cosa che a lui mancava e che essi possedevano, per l'importanza ch'essi riuscivano ad attribuire alla loro vita, per la passionalità delle loro gioie e delle loro paure, per l'angosciosa ma dolce felicità del loro stato d'innamorati eterni. Di sé, di donne, dei loro bambini, di onori e di ricchezze, di progetti o speranze, sempre questi uomini erano innamorati. Ma appunto questo egli non riusciva a imparare da loro, questa gioia infantile e questa infantile follia; imparava da loro proprio ciò ch'essi avevano di spiacevole, ciò ch'egli stesso disprezzava. Accadeva sempre più spesso che al mattino, dopo una serata passata in compagnia, egli rimanesse lungamente a letto e si sentisse stanco e ottuso. Avveniva che fosse dispettoso e impaziente quando Kamaswami lo annoiava con i suoi crucci. Avveniva che egli ridesse troppo forte quando perdeva ai dadi. Il suo volto era ancor sempre più intelligente e più spirituale che quello degli altri, ma rideva raramente, e uno dopo l'altro assumeva quei tratti che si riscontrano così spesso nel volto della gente ricca, quei tratti dell'insoddisfazione, d'indisposizione, di cattivo umore, di pigrizia, di scortesia. Lentamente s'appiccava a lui la malattia morale dei ricchi.

Come un velo, come una nebbietta sottile la stanchezza si calava su Siddharta, lentamente, ogni giorno un po' più fitta, ogni mese un po' più fosca, ogni anno un po' più pesante. Come un abito nuovo col tempo si fa vecchio, perde il suo bel colore, si copre di macchie, prende pieghe, diventa consunto ai margini e qui e là comincia a mostrarsi frusto e sciupato, così la nuova vita di Siddharta, ch'egli aveva cominciato dopo la separazione da Govinda, invecchiava e perdeva col passar degli anni la tinta e lo splendore, la coprivano macchie e pieghe, e nascosti giù in fondo, qua e là facendo odiosamente capolino, aspettavano la delusione e il disgusto. Siddharta non se n'accorgeva. S'accorgeva soltanto che quella voce limpida e sicura dell'animo suo, che un tempo era desta in lui e nei suoi tempi d'oro l'aveva sempre guidato, era ammutolita.

Il mondo l'aveva assorbito, il piacere, l'avidità, la pigrizia, e infine anche quel peccato ch'egli aveva sempre disprezzato e deriso come il più stolto di tutti: l'avarizia. Anche la proprietà, il possesso e la ricchezza s'erano infine impossessati di lui, non erano più per lui inezia e gioco, ma erano diventati peso e catena. Per una strana e subdola via era Siddharta caduto in questa ultima e più vile servitù, attraverso il gioco dei dadi. Precisamente dal tempo in cui aveva cessato in cuore d'essere un Samana, Siddharta cominciò a praticare con crescente accanimento e passione il gioco in denaro e in gioielli, cui prima s'era accostato con un sorriso d'indulgenza come a un costume degli uomini-bambini. Era un giocatore temuto; pochi s'arrischiavano con lui, tanto alte e temerarie erano le sue puntate. Giocava per una necessità del cuore, lo sciupìo e il gioco del miserabile oro gli procuravano una gioia feroce, in nessun altro modo egli poteva dimostrare più apertamente e più altezzosamente il suo disprezzo della ricchezza, idolo dei mercanti. Così puntava alto e senza riguardo, odiando se stesso, disprezzando se stesso, incassava migliaia, perdeva migliaia, si giocava il denaro, si giocava i gioielli, si giocava una casa di campagna, guadagnava di nuovo, perdeva di nuovo. Quell'ansia, quell'ansia terribile e opprimente ch'egli provava durante il lancio dei dadi, durante la sospensione d'attesa per le alte puntate, quell'ansia era ciò che egli amava e cercava sempre di rinnovare, sempre di intensificare, di stimolare sempre più acutamente, poiché solo in questo sentimento egli sentiva ancora qualcosa di simile alla felicità, qualcosa di simile all'ebbrezza, qualcosa che somigliasse a intensità di vita in mezzo alla sua esistenza sazia, tiepida, grigia. E dopo ogni perdita ingente egli anelava a nuove ricchezze, si rituffava energicamente nel commercio, costringeva più severamente i suoi debitori al pagamento, perché voleva continuare a giocare, voleva continuare a dissipare, voleva continuare a dimostrare il suo disprezzo per la ricchezza. Siddharta perdeva l'indifferenza verso le perdite, perdeva la pazienza verso i pagatori morosi, perdeva il gusto di donare e prestare il denaro ai supplicanti. Egli, che buttava le decine di migliaia sopra un colpo di dadi, diventava nel commercio sempre più rigido e me-

116

schino, e alle volte gli capitava, di notte, di sognare denaro. E ogni volta che si ridestava da questo odioso sortilegio, ogni volta che vedeva nello specchio della camera da letto il proprio volto invecchiato e fatto più antipatico, ogni volta che la vergogna e il disgusto lo coglievano, egli fuggiva lontano, fuggiva di nuovo nel gioco, fuggiva negli stordimenti della voluttà e del vino, poi di là, di nuovo, nella frenesia di guadagnare e di accumulare. Correndo in questo cerchio insensato egli si stancava, invecchiava, s'ammalava.

A questo punto lo ammonì una volta un sogno. Aveva trascorso le ore della sera da Kamala, nel suo bel giardino di delizie. Erano stati seduti sotto gli alberi, in conversazione, e Kamala aveva detto parole pensierose, parole dietro le quali si celavano tristezza e stanchezza. L'aveva pregato di raccontarle di Gotama, e non poteva mai saziarsi d'ascoltare di lui, come fosse puro il suo occhio, bella e tranquilla la sua bocca, benigno il suo sorriso, tutto pace il suo passo. A lungo egli aveva dovuto raccontarle del Buddha sublime, e Kamala aveva sospirato, e aveva detto: « Una volta o l'altra, forse presto, seguirò anch'io questo Buddha. Gli farò dono del mio giardino di delizie e mi convertirò alla sua legge ». Ma poi ella l'aveza stuzzicato e con doloroso ardore l'aveva incatenato a sé nel gioco amoroso, tra morsi e lacrime, come se volesse ancora una volta spremere da questo vano, passeggero piacere le estreme dolcissime gocce. Mai era ancora stato così singolarmente chiaro a Siddharta quanto sia vicina la voluttà alla morte. Poi era giaciuto al suo fianco e il volto di Kamala gli era stato vicino, e sotto gli occhi di lei e accanto agli angoli della bocca aveva letto, così chiaramente come non mai, un pauroso messaggio, un messaggio di linee sottili, di solchi lievi, un messaggio che parlava d'autunno e di vecchiaia, così come del resto anche Siddharta stesso, allora entrato nella quarantina, aveva già scoperto qua e là qualche filo grigio tra i suoi capelli neri. La stanchezza stava scritta sul bel viso di Kamala, stanchezza d'un lungo cammino, senz'alcuna meta piacevole, stanchezza e minaccia di appassimento incipiente, e una paura segreta, non ancora espressa, forse non ancor consapevole: paura dell'età, paura dell'autunno, paura del dover morire. Sospirando egli aveva preso congedo da lei, l'anima piena di tristezza e di segreto affanno.

Allora Siddharta aveva passato la notte in casa sua, tra vino e danzatrici, aveva affettato verso i suoi pari una superiorità di cui non era più ben sicuro, aveva bevuto molto vino e a tarda notte aveva cercato il letto, col cuore pieno d'una tal miseria che pensava di non poterla più sopportare, pieno d'un disgusto di cui si sentiva compenetrato come del tiepido, nauseante sapore del vino, della musica dolciastra e brulla, del riso troppo tenero delle danzatrici, del profumo troppo dolce dei loro capelli e dei loro seni. Ma più che di tutto il resto aveva schifo di se stesso, dei propri capelli profumati, del puzzo di vino della propria bocca, della stanchezza flaccida e inamena della propria pelle. Come uno che ha troppo mangiato o bevuto vomita fra i tormenti e pure è lieto di alleggerirsi, così l'insonne Siddharta si augurava, in un empito sconfinato di disgusto, di potersi sbarazzare di questi godimenti, di queste abitudini, di tutta questa vita insensata e, in una parola, di se stesso. Solo ai primi albori del mattino e al risveglio delle prime attività sulla strada davanti a casa sua, egli si assopì e trovò per pochi istanti un mezzo stordimento, un barlume di sonno. In quegli istanti ebbe un sogno.

Kamala teneva in una gabbia d'oro un piccolo e raro uccello canterino. Fu questo uccello l'oggetto del suo sogno: cantava sempre nelle ore del mattino, e ora invece ecco che era diventato muto. Essendosi accorto di ciò, egli, Siddharta, s'era accostato alla gabbia e ci aveva guardato dentro; l'uccello era morto e giaceva irrigidito sul fondo. Egli lo trasse fuori, lo pesò un istante sulla mano e poi lo gettò via, sulla strada, e nello stesso istante provò un improvviso terrore e il cuore gli dolse, come se con questo uccello morto avesse gettato via da sé ogni valore e ogni bene della vita.

Destandosi da questo sogno si sentì in preda a profonda tristezza. Nessun valore, ora gli pareva, nessun valore e nessun senso aveva la vita da lui condotta fino allora; nulla di vitale, nulla che fosse in qualche modo prezioso o degno d'esser conservato gli era rimasto nelle mani. Solo, si trovava, e povero, come un naufrago sulla spiaggia.

Cupo si recò Siddharta a un suo giardino di delizie, ne serrò la porta dietro di sé, si mise giù sotto un albero di mango e sentì la morte nel cuore e l'orrore nel petto; e sedendo s'accorse come qualcosa stesse morendo in lui, qualcosa appassisse e andasse alla fine. A poco a poco egli raccolse i propri pensieri e ripercorse in ispirito l'intera via della propria vita, dai primi giorni in cui si poteva ricordare. Quando mai la fortuna aveva sorriso alla sua vita, quando mai egli aveva goduto una vera voluttà? Oh sì, tante volte aveva vissuto qualcosa di simile. L'aveva assaporato negli anni della fanciullezza, quando aveva ottenuto la lode dei Brahmini, quando aveva sopravanzato di gran lunga i suoi coetanei nella recitazione dei sacri versi, nella discussione coi dotti, nel servizio durante i sacrifici. Allora aveva sentito nel proprio cuore: « Una via è aperta davanti a te, a cui tu sei chiamato, sulla quale ti attendono gli dèi ». E di nuovo nella sua giovinezza, quando la meta sempre più alta del suo pensiero l'aveva strappato e sollevato dalla schiera di coloro che gli erano compagni nella nobile aspirazione, quando egli lottava tra gli spasimi per scoprire il significato di Brahma, quando ogni conoscenza conquistata non faceva che rinnovare in lui la sete di conoscere, in mezzo a questa sete, in mezzo a questi spasimi, egli aveva provato questo stesso sentimento: « Avanti! Avanti! Tu sei chiamato! ». Questa voce egli aveva sentito, quando aveva abbandonato la sua casa e scelto la

vita del Samana, e poi quando aveva lasciato
i Samana per quel Perfetto e anche da lui s'era
staccato per gettarsi alla ventura. Ma da quanto tempo ora non sentiva più questa voce, da
quanto tempo non aveva più raggiunto le al-
tezze, come piana e brulla era stata la sua via,
quanti lunghi anni senza un'alta meta, senza
sete, senza elevazione, contento di meschini
piaceri e pur mai soddisfatto! Tutti questi anni egli s'era affannato, senza neppur saperlo,
e s'era dato un gran da fare, per diventare un
uomo come gli altri, come quei bambini, e
con tutto questo la sua vita era diventata molto più povera e più miserabile che la loro, poiché i suoi scopi non erano i loro, né egli ne
condivideva i pensieri: tutto quel mondo degli uomini-Kamaswami era stato per lui solo
un gioco, un ballo a cui si assiste, una commedia. Soltanto Kamala gli era stata veramente
cara, preziosa; ma lo era ancora? Aveva ancora
veramente bisogno di lei? o Kamala di lui?
Non giocavano un gioco senza fine? Era una
cosa, questa, per cui fosse necessario vivere?
No, non era necessario! Samsara aveva nome
questo gioco, un gioco di bambini, gioco forse
piacevole a giocare una volta, due volte, dieci
volte. Ma sempre, sempre da capo?
E così seppe Siddharta che il gioco era finito,
che non l'avrebbe potuto più giocare. Un brivido gli corse per il corpo e nell'anima: sentiva che qualcosa era morto.
Per tutto quel giorno egli sedette sotto l'albero di mango, assorto nel ricordo di suo padre,

121

nel ricordo di Govinda, nel ricordo di Gotama. Per diventare un Kamaswami qualunque aveva abbandonato tutti costoro? Sedeva ancora quando si fece notte. Con un brivido scorse le stelle, e pensò: « Eccomi qui seduto, sotto il mio albero di mango nel mio giardino di delizie ». Sorrise un poco: era dunque necessario, era giusto, non era un pazzo gioco ch'egli possedesse un albero di mango, un giardino?

Anche per queste cose era finita, anche questo morì in lui. Si alzò, prese congedo dall'albero di mango, prese congedo dal giardino. Non aveva preso cibo in tutto il giorno e sentendo fame pensò alla sua casa in città, al suo letto, alla tavola apparecchiata. Sorrise stanco, si scosse e prese congedo da tutte queste cose.

In quella stessa notte Siddharta abbandonò il suo giardino, abbandonò la città e non vi ritornò mai più. Kamaswami credette che fosse caduto in mano di ladroni, e lo fece cercare a lungo. Kamala non lo fece cercare. Quando apprese che Siddharta era sparito, non si meravigliò. Non se l'era sempre aspettato? non era egli un Samana, un randagio, un pellegrino? E questo ella aveva soprattutto sentito nel loro ultimo convegno, e pur nel dolore d'averlo perduto, gioiva d'averlo saputo attrarre ancora quest'ultima volta così intimamente al proprio cuore, d'essersi ancora una volta impadronita così pienamente di lui, e d'essersene sentita così interamente posseduta.

Quando ricevette la prima notizia della scomparsa di Siddharta, s'appressò alla finestra, dove teneva in una gabbia d'oro un raro uccello canterino. Aprì la porticina, lo trasse fuori e lo lasciò volar via. A lungo seguì con lo sguardo l'uccello in volo. Da quel giorno in poi non ricevette più visite, e tenne chiusa la propria casa. Ma dopo qualche tempo s'accorse che, dal suo ultimo convegno con Siddharta, era rimasta incinta.

PRESSO IL FIUME

Siddharta errò nel bosco, già lontano dalla città, senza saper nulla se non questo, che una vita come quella ch'egli aveva per tanti anni condotto era passata, finita, assaporata fino alla feccia e fino al disgusto. Morto era l'uccello canterino di cui aveva sognato. Profondamente egli s'era immerso nella samsara, d'ogni parte aveva assorbito in sé disgusto e morte, come una spugna succhia l'acqua finché è piena. E pieno egli era adesso di sazietà, di miseria, di morte, non c'era più nulla nel mondo che lo potesse attirare, rallegrare, consolare.
Ardentemente bramava non saper più nulla di sé, aver pace, essere morto! Oh! sol che venisse un fulmine ad atterrarlo! Venisse una tigre a divorarlo! Sol che ci fosse un vino, un veleno, capace di portargli lo stordimento, l'oblio e il sonno, anche se non avesse dovuto più esserci risveglio! Ma c'era ancora un fango di

cui egli non si fosse macchiato, un peccato e una pazzia ch'egli non avesse commessi, una miseria dell'anima ch'egli non si fosse tirata addosso? Era ancor possibile vivere? Era ancor possibile continuare l'eterna fatica di inspirare ed emettere il respiro, aver fame e sfamarsi, ricominciare a mangiare, a dormire, a giacer con donne? Non era chiuso ed esaurito per lui questo circolo della vita?

Siddharta giunse al gran fiume nel bosco, quello stesso fiume sul quale l'aveva traghettato un giorno un barcaiolo, quando egli era ancora giovane e veniva dalla città di Gotama. Presso questo fiume si fermò e rimase indeciso sulla riva. Stanchezza e fame l'avevano indebolito, e poi perché andare oltre? dove andare, a quale meta? No, non c'erano più mete, non c'era più altro che il profondo, doloroso desiderio di scrollare da sé quest'arido sogno, di sputare questo insipido vino, di por fine a questa vita penosa e umiliante.

Sulla riva del fiume pendeva un albero inclinato, un albero di cocco; al suo tronco s'appoggiò Siddharta con la spalla, posò il braccio sulla corteccia e guardò in giù nell'acqua verde, che scorreva senza posa ai suoi piedi, guardò giù e si sentì interamente pervaso dal desiderio di lasciarsi andare e sparire entro quell'acqua. Lo specchio dell'acqua gli rifletteva incontro un vuoto raccapricciante che faceva riscontro al terribile vuoto dell'anima sua. Sì, egli era giunto alla fine. Altro non gli rimaneva che spegnersi, spezzare la mal riuscita figura della sua vita, gettarla via, ai piedi degli dèi sprezzanti. Questa la grande liberazione cui agognava: la morte, spezzare una forma ch'egli odiava! Se lo mangiassero i pesci, quel cane di Siddharta, quello stolto, quel corpo putrefatto e infracidito, quell'anima sonnacchiosa e sciupata! Se lo mangiassero i pesci e i coccodrilli, lo sbriciolassero i demoni!

Mentre fissava gli sguardi sbarrati nell'acqua ci vide rispecchiato il proprio viso stravolto e ci sputò sopra. Con profonda stanchezza staccò il braccio dal tronco dell'albero e si volse un poco per lasciarsi cadere a fondo, per essere sommerso definitivamente. Affondava, a occhi chiusi, incontro alla morte.

Ed ecco, da riposti ricettacoli della sua anima, dalle remote lontananze della sua vita affaticata, palpitò un suono. Era una parola, una sillaba, ch'egli pronunciava senza rendersene conto, con voce cantilenante, l'antica parola con cui hanno inizio e fine tutte le preghiere dei Brahmini, il sacro Om, che equivale a « perfezione », o « il Perfetto ». E nell'istante in cui il suono Om sfiorò l'orecchio di Siddharta, immediatamente si risvegliò il suo spirito assopito, e riconobbe la stoltezza del suo atto.

Siddharta inorridì profondamente. A questo punto, dunque, era giunto, così perduto egli era, così smarrito e deserto d'ogni conoscenza, che aveva potuto cercare la morte, che questo desiderio infantile aveva potuto crescere in lui: trovar la pace nella distruzione del proprio corpo! Ciò che non avevan potuto fare tutte le pene di questi ultimi tempi, tutti i disinganni, tutta la disperazione, lo ottenne quel momento in cui l'Om penetrò nella sua coscienza: egli si riconobbe, nella propria miseria e nel proprio errore.

« Om! » diceva tra sé e sé: « Om! ». E seppe di Brahma, seppe dell'indistruttibilità della vita, seppe del Divino, seppe di nuovo tutto ciò che aveva dimenticato.

Ma fu solo un momento, un lampo, poi Siddharta ricadde ai piedi dell'albero di cocco, abbattuto dalla fatica: continuando a mormorare Om, posò la testa sulle radici del tronco e cadde in un sonno profondissimo.

Profondo fu il suo sonno, e libero da sogni: da lungo tempo non aveva più conosciuto un sonno tale. Quando si risvegliò dopo parecchie ore, fu come se dieci anni fossero trascorsi: udì il lieve sussurrare dell'acqua, e non sapeva dove fosse, né chi l'avesse portato qui; schiuse gli occhi, guardò con meraviglia gli alberi e il cielo sulla propria testa, e si ricordò dove fosse, e come fosse venuto qui. Ma gli occorse per questo un certo tempo, e il passato gli apparve come avvolto in un velo, infinitamente lontano, infinitamente superato, infinitamente indifferente. Sapeva solo di aver abbandonato la propria vita di un tempo (nel primo riacquisto della memoria questa vita d'un tempo gli parve come una vecchia e remota incarnazione del suo Io attuale, anzi uno stadio d'esistenza prenatale), sapeva solo che, pieno di disgusto e di miseria, aveva perfino voluto far getto della vita, ma che lungo un fiume, sotto un albero di cocco, era ritornato in sé, con la sacra parola Om sulle labbra, poi s'era assopito e ora, risvegliato, guardava il mondo come un uomo nuovo. A bassa voce ripeteva fra sé la parola Om, sulla quale s'era addormentato, e gli parve che tutto il suo lungo sonno non fosse stato altro che un'incessante, assorta recitazione dell'Om, una meditazione sull'Om, un immergersi e pienamente compenetrarsi dell'Om, il senza nome, il Perfetto. Ma qual sonno meraviglioso questo era stato! Mai sonno l'aveva così ristorato, così rinnovato, così ringiovanito! Era forse veramente morto, andato a fondo e rinato in nuova forma? Ma no, egli si conosceva, conosceva la propria mano e i propri piedi, conosceva il luogo in cui giaceva, conosceva quest'Io contenuto nel suo petto, questo Siddharta, ostinato, strano, ma questo Siddharta, poi, era ancora mutato, rinnovato, mirabilmente riscosso dal suo torpore, mirabilmente ridesto, lieto e bramoso.

Siddharta si drizzò, poiché vide seduto di fronte a sé un uomo, uno straniero, un monaco in tonaca gialla e col capo rasato, in atto di persona immersa nella meditazione. Egli osservò l'uomo, che non aveva né capelli né barba, e non tardò a riconoscere in questo monaco Govinda, l'amico della sua giovinezza, Govinda, che si era convertito alla legge del sublime Buddha. Govinda era invecchiato anche lui, ma il suo volto mostrava ancor sempre gli antichi tratti, esprimeva zelo, fedeltà, ansia di ricerca, premura. Ma quand'ora Govinda, sentendo il suo sguardo, aprì gli occhi e lo guardò, Siddharta s'accorse che Govinda non lo riconosceva. Govinda mostrò piacere ch'egli si fosse svegliato, evidentemente era stato a lungo lì seduto in attesa del suo risveglio, sebbene non lo conoscesse.

« Ho dormito » disse Siddharta. « E tu come sei giunto qui? ».

« Hai dormito » confermò Govinda. « Non è bene addormentarsi in questi luoghi, dove spesso si trovano serpenti e dove passano le belve della foresta. Io, signore, sono un discepolo del sublime Gotama, il Buddha, il Sakyamuni, e venivo in pellegrinaggio lungo questa strada con un certo numero dei nostri, quando ti vidi giacere addormentato in un posto dov'è pericoloso dormire. Perciò mi proposi di vigilare su di te, o signore, e quando vidi che il tuo sonno era molto profondo, mi staccai dai miei compagni e sedetti accanto a te. Ma poi, a quanto pare, mi sono io stesso addormentato, io che volevo proteggere il tuo sonno. Male ho eseguito il dovere mio, la stanchezza m'ha vinto. Ma ora che tu sei sveglio, lasciami andare, perché possa raggiungere i miei fratelli ».

« Ti ringrazio, Samana, d'aver vegliato sul mio sonno » disse Siddharta. « Siete premurosi, voi, discepoli del Sublime. Ora puoi andare ».

« Vado, signore. Possa tu sempre star bene ».

« Ti ringrazio, Samana ».

Govinda fece un segno di saluto, e disse: « Addio ».

« Addio, Govinda » disse Siddharta.

Il monaco s'arrestò.

« Scusa, signore, come sai il mio nome? ».

Allora Siddharta sorrise.

« Io ti conosco, o Govinda, da quando vivevi in casa di tuo padre, e dal tempo in cui andavi a scuola dai Brahmini, e dal tempo dei sacrifici, e dal tempo in cui ci recammo presso i Samana, e da quell'ora in cui tu, nel boschetto di Jetavana, passasti fra le schiere del Sublime ».

« Tu sei Siddharta! » gridò forte Govinda. « Ora ti riconosco, e non riesco più a capire come non t'abbia subito riconosciuto. Benvenuto, Siddharta, grande è la mia gioia di rivederti ».

« Anch'io son lieto di rivederti. Tu hai vegliato sul mio sonno, e ancora te ne ringrazio, sebbene non avessi bisogno di alcun guardiano. Dove vai, amico? ».

« In nessun posto, vado. Sempre siamo in cammino, noi monaci, solo che non piova, sempre in moto da un luogo all'altro, viviamo secondo la nostra Regola, predichiamo la dottrina, raccogliamo elemosine, e passiamo oltre. Sempre così. Ma tu, Siddharta, dove vai? ».

Disse Siddharta: « Anch'io mi trovo in una condizione come la tua, amico. Non vado in nessun posto. Sono soltanto in cammino. Vado errando ».

Govinda rispose: « Tu dici: vado errando, e io ti credo. Ma perdona, o Siddharta, non hai l'aria d'un pellegrino. Porti un abito da signore, porti scarpe da uomo raffinato, e i tuoi capelli, cosparsi d'acqua odorosa, non sono i capelli d'un pellegrino, la chioma d'un Samana ».

« Ebbene, caro, la tua osservazione è esatta,

nulla sfugge all'acume del tuo occhio. Ma io non ho detto d'essere un Samana. Ho detto: vado errando. E così è: vado errando ».

« Vai errando » disse Govinda. « Ma pochi vanno in pellegrinaggio con simili abiti, con simili scarpe, con capelli acconciati a quel modo. Mai ho incontrato un pellegrino simile, io che vado errando già da tanti anni ».

« Lo credo, mio Govinda. Ma ora, oggi, tu hai incontrato un pellegrino simile, con queste scarpe, con questi abiti. Ricordati, caro: effimero è il mondo delle apparenze, effimeri, quanto mai effimeri, sono i nostri abiti, e la foggia dei nostri capelli, e i nostri capelli e i nostri stessi corpi. Io porto abiti da persona ricca, hai visto bene. Li porto perché sono stato ricco, e porto i capelli come li porta la gente mondana e i gaudenti, perché anch'io sono stato uno di quelli ».

« E ora, Siddharta, che sei, ora? ».

« Non lo so, ne so meno di te. Sono in cammino. Fui ricco, e non lo son più; ciò che sarò domani, non lo so ».

« Hai perduto le tue ricchezze? ».

« Sì, le ho perdute, o forse esse hanno perduto me. Mi sono sfuggite. Rapida si volge la ruota delle apparenze, Govinda. Dov'è il Brahmino Siddharta? Dov'è il ricco Siddharta? Rapida è la vicenda delle cose mortali, tu lo sai, Govinda ».

Govinda guardò a lungo l'amico della sua giovinezza; il dubbio era nei suoi occhi. Poi lo salutò, come si salutano le persone di riguardo, e se ne andò per la sua strada.

Siddharta lo seguì con lo sguardo, sorridendo: amava ancor sempre quell'uomo timido e fedele. E come avrebbe potuto, in quel momento, in quella ora eccezionale dopo il sonno meraviglioso, compenetrato dell'Om, non amare qualcuno o qualcosa! Proprio in ciò consisteva l'incantesimo che nel sonno e attraverso l'Om s'era prodotto in lui, che ora egli amava ogni cosa, era pieno di lieto amore per tutto ciò che vedeva. E proprio questa – così ora gli pareva – era stata finora la sua grave malattia, di non saper amare nulla e nessuno.

Sorridendo Siddharta seguì con lo sguardo il monaco che s'allontanava. Il sonno l'aveva rimesso in forze, ma lo torturava la fame, poiché da due giorni non mangiava, ed era ormai lontano il tempo in cui sapeva resistere ai morsi della fame. Indispettito, ma anche divertito, si ricordò di quel tempo. Allora, così si ricordava, di tre cose s'era vantato con Kamala, tre nobili e insuperabili arti: digiunare, aspettare, pensare. Questo era stato la sua proprietà, la sua potenza e la sua forza, il suo fermo sostegno; queste tre arti aveva appreso negli anni diligenti e laboriosi della sua giovinezza, e nulla più. E ora esse lo avevano abbandonato, nessuna era più sua, né il digiunare, né l'attendere, né il pensare. Per la cosa più meschina le aveva cedute, la più effimera, per il piacere dei sensi, gli agi della vita, la ricchezza! Strana e rara era stata in sostanza la sua sorte. E ora, a quanto pareva, ora era diventato realmente un uomo-bambino, anche lui.

Siddharta meditava sulla sua condizione. Gli

riusciva duro pensare, non ci provava più alcun piacere, ma pure vi si costrinse.

Ora, pensò, poiché tutte queste cose effimere mi sono di nuovo sfuggite, ora eccomi di nuovo alla bella stella, tale e quale come quand'ero bambino: nulla posseggo, nulla so, nulla posso, nulla ho imparato. Meraviglioso! Ora, che non son più giovane, che i miei capelli sono già mezzo grigi, che le forze mi abbandonano, ora ricomincio da capo, dall'infanzia! Di nuovo dovette sorridere! Strano destino, davvero! S'era messo a marciare a ritroso, e ora si trovava di nuovo vuoto, nudo e sciocco nel mondo. Ma non poteva sentire amarezza per questo, no, anzi, perfino una gran voglia di ridere, ridere di se stesso, di questo strano, pazzo mondo. «A ritroso cammini!» egli si disse, e ci rise su. E nel dire ciò pose l'occhio sul fiume, e vide anche il fiume scorrere a ritroso, sempre in su, sempre in su, e intanto cantare allegramente. In verità ciò gli piacque, ed egli sorrise amichevolmente al fiume. Non era questo il fiume in cui si era voluto annegare, una volta, cent'anni fa? o se l'era sognato?

Meravigliosa fu in verità la mia vita – pensava – meravigliose vie ha seguìto. Ragazzo, non ho avuto a che fare se non con dèi e sacrifici. Giovane, non ho avuto a che fare se non con ascesi, meditazione e concentrazione, sempre in cerca di Brahma, sempre intento a venerare l'eterno nell'Atman. Ma quando fui un giovanotto mi riunii ai penitenti, vissi nella foresta, soffersi il caldo e il gelo, appresi a sopportare la fame, appresi a far morire il mio corpo. Meravigliosa mi giunse allora la rivelazione attraverso la dottrina del grande Buddha, e sentii la conoscenza dell'unità del mondo circolare in me come il mio stesso sangue. Ma anche da Buddha e dalla grande conoscenza mi dovetti staccare. Me n'andai, e appresi da Kamala la gioia d'amore, appresi da Kamaswami il commercio, accumulai denaro, dissipai denaro, appresi ad amare il mio stomaco, a lusingare i miei sensi. Molti anni dovetti impiegare per perdere lo spirito, disapprendere il pensiero, dimenticare l'unità. Non è forse come se lentamente e per grandi traviamenti io mi fossi rifatto, d'uomo, bambino, di saggio che ero, un uomo puerile? Eppure è stata buona questa via, e l'usignolo non è ancor morto nel mio petto. Ma che via fu questa! Son dovuto passare attraverso tanta sciocchezza, tanta bruttura, tanto errore, tanto disgusto e delusione e dolore, solo per ridiventare bambino e poter ricominciare da capo. Ma è stato giusto, il mio cuore lo approva, gli occhi miei ne ridono. Ho dovuto provare la disperazione, ho dovuto abbassarmi fino al più stolto di tutti i pensieri, al pensiero del suicidio, per poter rivivere la grazia, per riapprendere l'Om, per poter di nuovo dormire tranquillo e risvegliarmi sereno. Ho dovuto essere un pazzo, per sentire di nuovo in me l'Atman. Ho dovuto peccare per poter rivivere. Dove può ancora condurmi il mio cammino? Stolto è questo cammino, va strisciando obliquamente, forse va in cerchio. Ma vada come vuole, io son contento di seguirlo.

Sentiva una gioia meravigliosa palpitargli nel petto.

Ma dove hai preso – chiese al proprio cuore – dove hai preso quest'allegrezza? Viene forse da questo lungo, buon sonno che mi ha fatto tanto bene? O dalla parola Om che ho pronunciato? O dal fatto che me la son squagliata, che la mia fuga è compiuta, che finalmente son di nuovo libero e sto sotto il cielo come un bambino? Oh, quanto bene mi fa quest'essere fuggito, quest'essere ridiventato libero! Che aria bella e pura, qui, come fa bene il respirarla! Là, nei luoghi dai quali son sfuggito, là tutto puzzava di unguenti, di spezie, di vino, di abbondanza, di pigrizia. Come odiavo quel mondo di ricchi, di gaudenti, di giocatori! Come mi sono odiato, d'esser rimasto tanto a lungo in quell'orribile mondo! Oh, mai più m'immaginerò, come un tempo facevo così volentieri, che Siddharta sia saggio! Ma questa l'ho indovinata, questo mi piace, di questo mi devo lodare, d'averla fatta finita con quell'odio contro me stesso, con quella vita squallida e stolta! Bravo, Siddharta, dopo tanti anni di pazzia finalmente hai di nuovo avuto una buona idea, hai fatto qualche cosa, hai sentito cantare l'usignolo nel tuo petto e l'hai seguìto!

Così si lodava, così gioiva di sé, e ascoltava con curiosità il proprio stomaco, che brontolava per la fame. Ora se n'accorgeva, che porzione dura di dolore, che dura porzione di miseria egli avesse sorbito e risputato in questi ultimi tempi, masticandola fino alla disperazione e alla morte. Così andava bene. Ancora a lungo avrebbe potuto restare con Kamaswami, guadagnare denaro, sprecar denaro, ingrassarsi il ventre e inaridirsi l'anima, a lungo avrebbe ancora potuto restare ad abitare in quel dolce inferno così soffice e imbottito, se non fosse giunto semplicemente questo: il momento della perfetta sfiducia e disperazione, quel momento supremo in cui egli s'era proteso sulla corrente del fiume, ed era stato pronto ad annientarsi. Che egli avesse provato questa disperazione, questa profondissima nausea, e non vi fosse soggiaciuto, che l'usignolo, con la sua fresca voce di fonte canterina, ancora vivesse in lui, nonostante tutto, questo formava ora la sua gioia, questo era adesso motivo del suo riso, della luce che gli illuminava il volto sotto i capelli grigi.

« È bene » pensava « sperimentare personalmente tutto ciò che si ha bisogno di sapere. Che i piaceri mondani e la ricchezza non siano un bene, questo l'avevo già imparato da bambino. Saperlo, lo sapevo già da un pezzo; ma viverlo, l'ho vissuto soltanto ora. E ora lo so; lo so non solo con la mia mente, ma lo so coi miei occhi, col mio cuore, col mio stomaco. Buon per me, che lo so! ».

Rifletté a lungo sulla propria trasformazione e porse ascolto all'usignolo, come cantava di gioia. Non era morto in lui questo uccello? non ne aveva sentito la morte? No, qualcos'altro era morto in lui, che già da tempo agognava la morte. Non era questo ciò ch'egli aveva voluto uccidere negli anni ardenti della sua penitenza? Non era il suo Io, il suo piccolo, pavido e orgoglioso Io col quale aveva combattuto per tanti anni, e che sempre l'aveva vinto, ucciso, ed era risorto ogni volta, a vietargli la gioia, a ispirargli paura? Non era questo ciò che oggi finalmente aveva trovato la morte, qui nella foresta, lungo questo ameno fiume? Non era a causa di questa morte che egli adesso si sentiva di nuovo come un bambino, così pieno di fiducia, di gioia, ignaro di paura?

Ora Siddharta intuì pure perché da Brahmino, da penitente, avesse invano lottato col proprio Io. Troppa scienza l'aveva impacciato, troppi sacri versetti, troppe regole per i sacrifici, troppa mortificazione, troppo affanno di azione! Pieno d'orgoglio era stato, sempre il più intelligente, sempre il più diligente, sempre di un passo davanti agli altri, sempre lui a sapere, sempre lui a vivere nello spirito, sempre lui il sacerdote o il saggio. In questo sacerdozio, in questo orgoglio, in questa spiritualità, s'era annidato il suo Io, là sedeva indisturbato e prosperava, mentr'egli credeva d'ucciderlo con digiuni e penitenza. Ora se n'accorgeva, ora vedeva che la voce segreta aveva avuto ragione, che nessun maestro mai lo avrebbe potuto liberare. Per questo aveva dovuto scendere nel mondo, perdersi nel piacere e nel potere, nelle donne e nell'oro, aveva dovuto diventare un mercante, un giocatore di dadi, un beone e un avaro, finché il sacerdote e il Samana in lui fossero morti. Per questo aveva dovuto continuare a sopportare quegli anni odiosi, sopportare il disgusto, la dottrina, l'insensatezza d'una vita squallida e perduta, fino al fondo, fino all'amarezza della disperazione, finché anche Siddharta il gaudente, anche Siddharta l'avaro, potesse morire. Adesso era morto, un nuovo Siddharta s'era ridesto da quel sonno. Anch'egli sarebbe invecchiato, anch'egli un giorno avrebbe dovuto morire; Siddharta era caduco, caduca ogni forma sensibile. Ma oggi egli era giovane, era un bambino, il nuovo Siddharta, ed era pieno di gioia.

Questi pensieri meditava, e ascoltava sorridendo il proprio stomaco, ascoltava riconoscente il ronzio d'un'ape. Serenamente contemplava la corrente del fiume; mai un'acqua gli era tanto piaciuta come questa, mai aveva sentito così forti e così belli la voce e il significato dell'acqua che passa. Gli pareva che il fiume avesse qualcosa di speciale da dirgli, qualcosa ch'egli non sapeva ancora, qualcosa che aspettava proprio lui. In quel fiume Siddharta s'era voluto annegare, in quel fiume oggi s'era annegato il vecchio, stanco, disperato Siddharta. Ma il nuovo Siddharta sentiva un amore profondo per quest'acqua fluente, e decise tra sé di non abbandonarla tanto presto.

IL BARCAIOLO

Presso questo fiume voglio restare, pensava
Siddharta; è lo stesso sul quale sono passato
una volta mentre mi recavo dagli uomini-bambini. Un cortese barcaiolo allora m'aveva traghettato. Voglio andare da lui, dalla sua capanna una volta il mio cammino m'aveva condotto a una nuova vita, che ora è diventata vecchia e spenta: così possa anche il mio cammino d'oggi, la mia nuova vita d'oggi trovare laggiù il suo approdo!
Affettuosamente guardò il fluir dell'acqua, in
quel suo verde trasparente, nelle linee cristal-
line del suo disegno pieno di segreti. Perle leggere vedeva salire dal profondo, tranquille bol-
le d'aria galleggiavano alla superficie, e l'azzurro del cielo vi si rifletteva. E anche il fiume lo guardava a sua volta, coi suoi mille occhi verdi, bianchi, cristallini, azzurri come il
cielo. Quest'acqua lo affascinava: quanto l'a-

mava, come le era riconoscente! Udiva in cuore parlare la voce ora ridesta, ed essa gli ripeteva: Ama quest'acqua! Resta con lei! Impara da lei! Oh sì, voleva ascoltarla, da lei voleva imparare! Chi fosse riuscito a comprendere quell'acqua e i suoi segreti – così gli pareva – avrebbe compreso anche molte altre cose, molti segreti, tutti i segreti.

Ma dei segreti del fiume, per quest'oggi non vedeva che una cosa sola, tale però da afferrare interamente l'anima sua. Ecco quel che vedeva: quest'acqua correva correva, sempre correva, eppure era sempre lì, era sempre e in ogni tempo la stessa, eppure in ogni istante un'altra! Oh, chi potesse afferrar questo mistero, comprenderlo! Egli non lo afferrava né lo comprendeva, sentiva soltanto un presagio muoversi in lui, ricordi lontani, voci divine.

Siddharta s'alzò: insopportabile diventava il morso della fame. Mosse oltre, sulla riva superiore, incontro alla corrente, ascoltandone il fruscio e ascoltando i brontolii della fame nel suo corpo.

Quando raggiunse il traghetto, la barca era appunto pronta, e vi stava dentro lo stesso barcaiolo che una volta aveva trasportato il giovane Samana oltre il fiume. Siddharta lo riconobbe, ma era invecchiato anche lui.

« Vuoi traghettarmi? » chiese.

Il barcaiolo, stupito di vedere un signore così distinto andarsene solo a piedi, lo fece salire nella barca, e salpò.

« Una bella vita ti sei scelto » cominciò il viaggiatore. « Bello dev'essere vivere ogni giorno su questa acqua e attraversarla di continuo ».

Il rematore si chinò sorridendo: « È bello, signore, proprio come tu dici. Ma non è bella ogni vita, ogni lavoro? ».

« Difatti, può essere. Però t'invidio per la tua vita ».

« Ahimè, te ne passerebbe presto il gusto. Non è vita per gente così ben vestita ».

Siddharta rise. « Già una volta quest'oggi sono stato giudicato dai miei abiti, giudicato con diffidenza. Non vorresti, barcaiolo, prenderti questi abiti che mi sono venuti a noia? Perché devi sapere che non ho il denaro per pagarti il traghetto ».

« Il signore scherza » rise il barcaiolo.

« Non scherzo affatto, amico. Vedi, già una volta tu m'hai fatto attraversare quest'acqua nella tua barca, per amor di Dio. Fa' così anche oggi, e prenditi i miei abiti in cambio ».

« E il signore vuol continuare il viaggio senza vestiti? ».

« Ahimè, più di tutto mi piacerebbe non continuarlo affatto, il viaggio. Più di tutto mi piacerebbe che tu, barcaiolo, mi dessi un vecchio grembiule e mi tenessi con te come tuo garzone, o meglio come tuo apprendista, perché prima devo imparare come si fa a guidare la barca ».

Il barcaiolo guardò a lungo il forestiero, con occhio indagatore.

« Ora ti riconosco » disse alla fine. « Una volta tu hai dormito nella mia capanna, tanto tempo fa, forse più di vent'anni, e poi io ti portai dal-

143

l'altra parte del fiume e ci separammo come buoni amici. Non eri un Samana? Del tuo nome non mi riesco più a ricordare ».

« Mi chiamo Siddharta, ed ero un Samana quando l'altra volta tu mi vedesti ».

« Allora benvenuto, Siddharta. Io mi chiamo Vasudeva. Anche oggi sarai mio ospite, spero, e dormirai nella mia capanna e mi racconterai di dove vieni e perché i tuoi magnifici abiti ti son venuti tanto a noia ».

Erano arrivati in mezzo al fiume e Vasudeva si appoggiava più forte sul remo per superare la corrente. Lavorava tranquillo, con lo sguardo alla prua della barca, le braccia nerborute. Siddharta, seduto, lo guardava, e si ricordava che già una volta, in quell'ultimo giorno della sua vita di Samana, aveva sentito in cuore una specie d'amore per questo uomo. Con riconoscenza accettò l'invito di Vasudeva. Quando giunsero a riva, egli lo aiutò a ormeggiare la barca al piolo, e il barcaiolo lo invitò a entrare nella capanna, gli offrì pane e acqua e Siddharta mangiò di gusto; mangiò di gusto anche i frutti del mango che Vasudeva gli offrì.

Poi verso l'ora del tramonto si misero a sedere su un tronco d'albero lungo la riva, e Siddharta raccontò al barcaiolo donde venisse e quale fosse stata la sua vita, così come oggi, in quell'ora di disperazione, l'aveva vista riemergere davanti ai propri occhi. Fino a tarda notte durò il suo racconto.

Vasudeva ascoltò con grande attenzione. Tutto assimilò ascoltando: nascita e fanciullezza di Siddharta, tutti i suoi studi, tutto il suo gran cercare, tutta la gioia, tutta la pena. Tra le virtù del barcaiolo questa era una delle più grandi: sapeva ascoltare come pochi. Senza ch'egli avesse detto una parola, Siddharta parlando sentiva come Vasudeva accogliesse in sé le sue parole, tranquillo, aperto, tutto in attesa, e non ne perdesse una, non ne aspettasse una con impazienza, non vi annettesse né lode né biasimo: semplicemente, ascoltava. Siddharta sentì quale fortuna sia imbattersi in un simile ascoltatore, affondare la propria vita nel suo cuore, i propri affanni, la propria ansia di sapere.

Ma verso la fine del racconto di Siddharta, quando egli parlò dell'albero presso il fiume e dell'abisso in cui egli stesso era caduto, del sacro Om e dell'amore per quel fiume che improvvisamente aveva sentito ridestandosi dal proprio sonno, allora il barcaiolo lo ascoltò con raddoppiata attenzione, con piena e totale dedizione, a occhi chiusi.

Ma quando Siddharta tacque e dopo che ci fu stato un lungo silenzio, allora parlò Vasudeva: « È così come pensavo. Il fiume ti ha parlato. Anche a te è amico, anche a te parla. Questo è bene, molto bene. Resta con me, Siddharta, amico. Una volta avevo una moglie, vicino al mio c'era il suo pagliericcio: ora son tanti anni ch'è morta, tanti anni che vivo solo. Ora vivi tu con me, posto e cibo per due ce n'è ».

« Ti ringrazio, » disse Siddharta « ti ringrazio e accetto. E ti ringrazio anche d'avermi ascoltato così bene! Sono rari gli uomini che san-

no ascoltare, e non ne ho mai incontrato uno
che fosse così bravo come sei tu. Anche in questo avrò da imparare da te ».

« Imparerai anche questo, » disse Vasudeva
« ma non da me. Ad ascoltare mi ha insegnato
il fiume, e anche tu imparerai da lui. Lui sa
tutto, il fiume, tutto si può imparare da lui.
Vedi, anche questo tu l'hai già imparato dal-
l'acqua, che è bene discendere, tendere verso
il basso, cercare il profondo. Il ricco e splen-
dido Siddharta diventa un garzone al remo, il
dotto Brahmino Siddharta si fa barcaiolo: anche questo te l'ha detto il fiume. E anche il resto lo imparerai da lui ».

Siddharta parlò, dopo una lunga pausa. « Che
altro, Vasudeva? ».

Vasudeva si alzò. « Si è fatto tardi, » disse « andiamo a dormire. Non posso dirti che cosa sia
"il resto", amico. Lo imparerai, fors'anche lo
sai già. Vedi, io non sono un sapiente, non so
parlare, non so nemmeno pensare. So soltanto
ascoltare ed essere pio, altro non ho imparato
mai. Se potessi dirtelo e insegnartelo, forse sarei un sapiente, ma invece non sono che un
barcaiolo, e il mio compito è di portare gli uomini al di là di questo fiume. Molti ne ho traghettati, migliaia, e per tutti costoro il mio
fiume non è stato altro che un ostacolo sul loro cammino. Viaggiavano per denaro e per affari, per nozze, per pellegrinaggi, e il fiume
sbarrava loro il cammino, ed ecco, qua c'era
il barcaiolo che presto li portava oltre l'ostacolo. Ma fra quelle migliaia alcuni pochi, quattro o cinque, non più, per i quali il fiume ave-

146

va cessato d'essere un ostacolo, ne hanno sentito la voce, l'hanno ascoltato, e il fiume è diventato loro sacro, come per me. E ora andiamo a riposare, Siddharta ».

Siddharta rimase dal barcaiolo e apprese a manovrare la barca, e se non c'era nulla da fare al traghetto, lavorava con Vasudeva nella risaia, andava per legna, faceva il raccolto delle banane. Imparò a fabbricare un remo e a riparare la barca, imparò a intrecciare ceste, ed era contento d'imparar tutte queste cose, e i giorni e i mesi gli passavano velocemente. Ma più di quanto Vasudeva potesse insegnargli, gli insegnava il fiume. Prima di tutto apprese da lui ad ascoltare, a porger l'orecchio con animo tranquillo, con l'anima aperta, in attesa, senza passione, senza desiderio, senza giudicare, senza opinioni.

Viveva con affetto accanto a Vasudeva, e talvolta scambiavano qualche parola, poche e ben ponderate parole. Vasudeva non era amico delle parole, e raramente riusciva a Siddharta d'indurlo alla conversazione.

Una volta gli chiese: « Hai appreso anche tu quel segreto del fiume: che il tempo non esiste? ».

Un chiaro sorriso si diffuse sul volto di Vasudeva. « Sì, Siddharta » rispose. « Ma è questo ciò che tu vuoi dire: che il fiume si trova dovunque in ogni istante, alle sorgenti e alla foce, alla cascata, al traghetto, alle rapide, nel mare, in montagna, dovunque in ogni istante, e che per lui non vi è che presente, neanche l'ombra del passato, neanche l'ombra dell'avvenire? ».

147

« Sì, questo » disse Siddharta. « E quando l'ebbi appreso, allora considerai la mia vita, e vidi che è anch'essa un fiume, vidi che soltanto ombre, ma nulla di reale, separano il ragazzo Siddharta dall'uomo Siddharta e dal vecchio Siddharta. Anche le precedenti incarnazioni di Siddharta non furono un passato, e la sua morte e il suo ritorno a Brahma non sono un avvenire. Nulla fu, nulla sarà: tutto è, tutto ha realtà e presenza ».

Siddharta parlava con entusiasmo; questa rivelazione l'aveva reso profondamente felice. Oh, non era forse il tempo la sostanza d'ogni pena, non era forse il tempo la sostanza d'ogni tormento e d'ogni paura, e non sarebbe stato superato e soppresso tutto il male, tutto il dolore del mondo, appena si fosse superato il tempo, appena si fosse trovato il modo di annullare il pensiero del tempo? Con entusiasmo aveva parlato, ma Vasudeva gli sorrise col volto illuminato di compiacimento nell'atto di rivolgergli un cenno silenzioso di consenso; posò la mano sulla spalla di Siddharta e poi si rivolse al suo lavoro.

E un'altra volta, che appunto il fiume s'era gonfiato per le piogge e scrosciava con fragore, disse Siddharta: « Non è vero, amico, che il fiume ha molte voci, moltissime voci? Non ha la voce d'un re, e quella d'un guerriero, e quella d'un toro, e d'un uccello notturno, e d'una partoriente, e d'uno che gema e ancora mille altre voci? ».

« Così è, » ammise Vasudeva « tutte le voci delle creature sono nella sua ».

«E sai» continuò Siddharta «che parola dice, quando ti riesce di udire tutte insieme le sue diecimila voci?».

Felice rise il volto di Vasudeva: egli si chinò verso Siddharta e gli sussurrò all'orecchio il sacro Om. Ed era proprio questo ciò che anche Siddharta aveva udito.

E di volta in volta il suo sorriso diventava sempre più simile a quello del barcaiolo, quasi altrettanto raggiante, quasi altrettanto pervaso di felicità, altrettanto splendente da mille piccole rughe, altrettanto infantile, altrettanto vecchio. Molti viaggiatori, vedendo insieme i due barcaioli, li credevano fratelli. Spesso sedevano insieme di sera su un tronco presso la riva, e tutti e due ascoltavano l'acqua, che per loro non era acqua, ma la voce della vita, la voce di ciò che è ed eternamente diviene. E accadeva alle volte che entrambi ascoltando il fiume pensassero alle stesse cose, a un discorso fatto due giorni innanzi, a uno dei loro viaggiatori il cui destino li interessava, alla morte, alla loro infanzia, e che entrambi nello stesso momento in cui il fiume aveva detto loro qualche parola buona, si guardassero l'un l'altro, pensando entrambi esattamente la stessa cosa, felici entrambi per questa medesima risposta alla medesima domanda.

C'era qualcosa in quel traghetto e in quei due barcaioli che non sfuggiva a certuni dei viaggiatori. Accadeva talvolta che uno dei viaggiatori, dopo aver guardato in volto uno dei barcaioli, cominciasse a raccontare la propria vita, rivelasse sofferenze, confessasse torti, chiedesse consolazione e consiglio. Accadeva talvolta che qualcuno chiedesse il permesso di passare la sera con loro per ascoltare il fiume. E accadeva anche che arrivassero curiosi, ai quali era stato raccontato che vivevano a questo traghetto due saggi, o stregoni, o santi. I curiosi facevano un mare di domande, e non ricevevano l'ombra d'una risposta; non trovavano né stregoni né saggi, ma solo due buoni vecchietti, che parevano muti e un po' bislacchi, forse anche un po' scemi. E i curiosi ridevano e conversando tra loro ammiravano con quanta stoltezza e leggerezza il popolo accetti e sparga simili voci senza fondamento.

Gli anni passavano e nessuno li contava. Una volta giunsero anche monaci in pellegrinaggio, seguaci di Gotama, il Buddha, che pregarono d'essere traghettati; da loro appresero i barcaioli che ritornavano in tutta fretta presso il loro maestro, poiché s'era sparsa la voce che il Sublime fosse in punto di morte e presto avrebbe sperimentato la sua ultima morte umana, per trapassare alla liberazione. Non passò molto, che giunse una nuova schiera di monaci, e poi un'altra, e tanto i monaci quanto la maggior parte degli altri viaggiatori e viandanti non parlarono d'altro che di Gotama e della sua prossima morte. E come per una campagna militare o per l'incoronazione d'un re gli uomini affluiscono da ogni parte e si dispongono in schiere come formiche, così affluivano, come attirati per magia, là dove il grande Buddha aspettava la morte, dove l'evento straordinario avrebbe avuto luogo e quel grande per-

150

fetto d'una delle età del mondo avrebbe fatto il suo ingresso nella beatitudine.

Molto pensò Siddharta in questo tempo al saggio in agonia, al grande maestro la cui voce aveva ammonito i popoli e risvegliato gli uomini a centinaia di migliaia, la cui voce anch'egli un tempo aveva udito, il cui sacro volto anch'egli un tempo aveva contemplato con rispetto. Si ricordò con affetto di lui, vide davanti ai propri occhi la sua via di perfezione e ripensò sorridendo alle parole che un tempo, da giovane, egli aveva rivolto a lui, al Sublime. Da lungo tempo sapeva di non essere più separato da Gotama, sebbene non avesse accolto la sua predicazione. No, l'uomo che cerca veramente, l'uomo che veramente vuol trovare, non può accogliere nessuna dottrina. Ma quell'altro uomo, quello che ha trovato, quello può salutare con gioia ogni dottrina, ogni via, ogni meta: quello, più nulla lo separa dalle migliaia di quegli altri che vissero nell'eterno, che respirarono il divino. In uno di questi giorni, in cui tanti pellegrini muovevano in frotta verso il Buddha morente, si mosse a quella meta anche Kamala, una volta la più bella delle cortigiane. Già da lungo tempo ella aveva abbandonato il proprio giardino a monaci di Gotama, s'era convertita alla sua dottrina, e faceva parte delle amiche e benefattrici dei pellegrini. Insieme col piccolo Siddharta, suo figliolo, s'era messa in cammino alla notizia della prossima morte di Gotama, semplicemente vestita, a piedi. Col suo figlioletto era giunta fino al fiume; ma il bambino s'era presto stancato, voleva mangiare, diventava capriccioso e piagnucoloso, Kamala dovette spesso sostare a riposare con lui; era abituato a imporle la propria volontà, ed ella dovette dargli da mangiare, dovette consolarlo, dovette sgridarlo. Egli non capiva perché mai avesse dovuto intraprendere con sua madre quel triste e faticoso pellegrinaggio verso un luogo sconosciuto, verso un estraneo, che era santo, e in punto di morte. E morisse una buona volta, cosa glien'importava a lui?

I pellegrini non erano più lontani dal traghetto di Vasudeva, quando il piccolo Siddharta costrinse ancora una volta sua madre a una sosta. Anche lei, del resto, era stanca, e mentre il ragazzo si accoccolava presso un albero di banane, ella si lasciò andare a terra, chiuse un poco gli occhi e riposò. Ma improvvisamente emise un piccolo grido, il ragazzo la guardò spaventato, e le vide il volto sbiancato dal terrore: da sotto i suoi abiti sbucò fuori un serpentello nero, dal quale era stata morsicata.

Corsero in fretta tutti e due lungo il sentiero, per giungere in luoghi abitati, e giunsero fino in prossimità del traghetto, ma là Kamala si accasciò a terra e non poté più proseguire. Il ragazzo levava grida lamentose e di tanto in tanto abbracciava e baciava sua madre; anche lei unì la propria voce alla sua in forti grida di soccorso, finché queste giunsero all'orecchio di Vasudeva, che si trovava al traghetto. Arrivò di corsa, prese la donna sulle braccia, la depose nella barca, il fanciullo corse con lui, e ben presto giunsero tutti alla capanna, dove Siddharta stava accendendo il fuoco nel focolare. Egli volse lo sguardo e vide prima il volto del bambino, che toccò meravigliosamente la sua memoria, lo ricondusse a qualcosa di dimenticato. Poi vide Kamala, e la riconobbe subito, sebbene giacesse svenuta nelle braccia del barcaiolo, e immediatamente seppe che quello, il cui volto l'aveva tanto toccato, era suo figlio. Il cuore gli batté più forte in petto.

La ferita di Kamala venne lavata, ma era già nera e il suo corpo si gonfiava; le fecero sorbire una bevanda medicinale. Quando riprese coscienza, giaceva sul giaciglio di Siddharta nella capanna, e Siddharta stava chino su di lei, Siddharta che ella aveva un tempo così teneramente amato. Le parve un sogno; sorridendo contemplò il volto dell'amico, solo lentamente si rese conto della propria condizione, si ricordò del morso, chiamò ansiosamente il bambino.

« È vicino a te, non temere » disse Siddharta.

Kamala lo guardò negli occhi. Parlò, ma la sua lingua era spessa, appesantita dal veleno. « Sei diventato vecchio, amore » disse. « Grigio sei diventato. Ma sembri ancora il giovane Samana che un giorno venne a me nel giardino, senz'abiti e coi piedi impolverati. Gli assomigli molto più di quanto non gli somigliassi allora, quando abbandonasti me e Kamaswami. Negli occhi gli assomigli, Siddharta. Ahimè, son diventata vecchia anch'io, vecchia... Mi riconosceresti ancora? ».

Siddharta sorrise: «Subito ti riconobbi, Kamala, amore».

Kamala indicò il bambino e disse: «Anche lui hai riconosciuto? È tuo figlio».

I suoi occhi s'intorbidirono e si chiusero. Il bimbo piangeva, Siddharta lo prese sulle ginocchia, lo lasciò piangere, gli carezzò i capelli, e alla vista di quel volto di bambino gli ritornò in mente una preghiera brahminica ch'egli aveva imparato una volta da bambino. Lentamente, con voce cantante, cominciò a pronunciarla: le parole gli venivano incontro dal lontano passato della sua fanciullezza. E al suono di quella cantilena il ragazzo si calmò, singhiozzò ancora una volta o due, e s'addormentò. Siddharta lo posò sul giaciglio di Vasudeva. Questi accudiva al focolare e cuoceva il riso. Siddharta gli gettò un'occhiata, ch'egli ricambiò sorridendo.

«Morirà» disse piano Siddharta.

Vasudeva annuì; sul suo viso affettuoso corsero i riflessi del focolare.

Ancora una volta Kamala ritornò in sé. Lo spasimo le contraeva il volto, l'occhio di Siddharta le leggeva le sofferenze sulla bocca, sulle guance sbiancate. Scorgeva tutto ciò silenziosamente, attento e pronto, concentrato nel dolore di lei. Kamala lo sentì, e con lo sguardo cercò il suo occhio.

Guardandolo disse: «Ora vedo che anche i tuoi occhi sono cambiati. Affatto diversi si sono fatti. Da che cosa riconosco ancora che sei Siddharta? Lo sei, e non lo sei!».

Siddharta non parlò: le fissava gli occhi negli occhi in silenzio.

« Ci sei riuscito? » ella chiese. « Hai trovato la pace? ».

Egli sorrise, e posò una mano sulle sue.

« Lo vedo, » ella disse « lo vedo. Anch'io troverò la pace ».

« Tu l'hai trovata » sussurrò Siddharta.

Kamala lo guardava negli occhi senza batter ciglio. Pensava che aveva voluto recarsi pellegrina da Gotama per contemplare il viso d'un uomo perfetto, per respirare la pace, e che ora invece di quello aveva trovato Siddharta, e che ciò era bene, altrettanto bene che se avesse visto quel Perfetto. Voleva dirglielo, ma la lingua non obbediva più alla sua volontà. Lo fissava in silenzio, ed egli guardava spegnersi la vita nei suoi occhi. Quando l'ultimo spasimo le dilatò l'occhio e lo spense, quando l'ultimo brivido le percorse le membra, egli le chiuse le palpebre con un dito.

Rimase a lungo a guardare il suo volto addormentato. Contemplò a lungo la bocca, la sua vecchia, stanca bocca, con le labbra divenute sottili, e si ricordò che una volta, nella primavera degli anni, l'aveva paragonata a un fico appena spezzato. A lungo rimase a leggere nel pallido volto, nelle rughe stanche, si saziò di quella vista, vide il proprio volto giacere allo stesso modo, così bianco, così spento, e nello stesso tempo vide il proprio e il suo viso di quand'erano giovani, con le labbra rosse, con l'occhio ardente, e il sentimento del presente e

155

della contemporaneità lo permeò completamente, il sentimento dell'eternità. Profondamente sentì in quest'ora, più profondamente che mai, l'indistruttibilità d'ogni vita, l'eternità di ogni istante.

Quand'egli si alzò, Vasudeva aveva preparato il riso per lui. Ma Siddharta non mangiò. Nella stalla, dove era la loro pecora, i due vecchi si fecero un giaciglio, e Vasudeva si pose a dormire. Ma Siddharta uscì e passò la notte seduto fuor della capanna, ascoltando il fiume, sentendosi inondare dal passato, sentendosi sfiorare e avvolgere a un tempo da tutte le età della sua vita. Ma ogni tanto si alzava, entrava nella capanna, e origliava se il bambino dormisse.

Di mattino presto, ancor prima che spuntasse il sole, Vasudeva venne fuori dalla stalla e si avvicinò al suo amico.

« Tu non hai dormito » disse.

« No, Vasudeva. Rimasi qui seduto, ad ascoltare il fiume. Molte cose mi ha detto, m'ha profondamente penetrato del pensiero di salute, il pensiero dell'unità ».

« Tu hai sofferto, Siddharta, ma vedo che non è entrata tristezza nel tuo cuore ».

« No, amico, perché mai dovrei esser triste? Io, che fui ricco e felice, sono ora diventato ancor più ricco e felice: ho avuto in dono mio figlio ».

« Benvenuto tuo figlio, anche per me. Ma ora, Siddharta, mettiamoci al lavoro; c'è molto da fare. Kamala è morta sullo stesso giaciglio su

156

cui un giorno morì mia moglie. E ora vogliamo rizzare il rogo di Kamala sulla stessa collina su cui rizzai un giorno il rogo di mia moglie? ».
Mentre il ragazzo dormiva ancora, essi rizzarono il rogo.

IL FIGLIO

Impaurito e piangente il ragazzo aveva assistito al funerale della madre, cupo e scontroso aveva ascoltato Siddharta che lo salutava come suo figlio e gli dava il benvenuto al suo fianco nella casa di Vasudeva. Pallido rimase tutto il giorno sulla collina della mamma morta, non volle mangiare, chiuse gli occhi, chiuse il cuore al mondo esterno, si schermì e si ribellò contro il destino.

Siddharta lo trattò con dolcezza e lo lasciò fare: rispettava il suo dolore. Capiva che suo figlio non lo conosceva e non lo poteva amare come padre. Ma osservando capiva anche che quell'undicenne era un ragazzo viziato, un cocco di mamma, cresciuto nell'abitudine della ricchezza, avvezzo a cibi ricercati, a un letto morbido, a comandare i domestici a bacchetta. Siddharta capiva che, triste e viziato, il ragazzo non poteva di punto in bianco ritrovarsi tutto allegro e volenteroso nella miseria di quell'ambiente estraneo. Perciò non lo costringeva a nulla, faceva ogni lavoro per lui, gli sceglieva sempre i bocconi migliori. Sperava di conquistarlo lentamente, con affettuosa pazienza.

Ricco e felice s'era detto, quando aveva recuperato il suo bambino. Ma poiché intanto il tempo passava, e il ragazzo continuava a rimanere chiuso e scontroso, mostrava un cuore pieno d'orgoglio e facile all'ira, non voleva saperne di lavorare, non mostrava alcun rispetto per i due vecchi e saccheggiava gli alberi di frutta di Vasudeva, Siddharta cominciò a comprendere che con suo figlio non gli erano piovute pace e felicità, ma dolore e affanno. Tuttavia lo amava e aveva più caro il dolore e l'affanno dell'amore, che pace e felicità senza quel bambino.

Da quando il piccolo Siddharta abitava nella capanna, i vecchi s'erano spartito il lavoro. Vasudeva s'era assunto di nuovo unicamente il compito di barcaiolo, e Siddharta, per stare con suo figlio, il lavoro di casa e nei campi.

Lunghi mesi, lungo tempo attese Siddharta che suo figlio mostrasse di comprenderlo, accettasse il suo amore, possibilmente lo ricambiasse. Lunghi mesi attese Vasudeva, osservando attendeva e taceva. Un giorno che il piccolo Siddharta aveva di nuovo molto afflitto suo padre con dispetti e capricci e gli aveva rotto le due scodelle del riso, Vasudeva, verso sera, prese a parte l'amico e gli parlò.

« Scusami, » disse « ti parlo con cuore d'amico.

Vedo che ti tormenti, ti vedo nella tristezza. Tuo figlio, amico mio, è la causa dei tuoi affanni, e anch'io me ne preoccupo. Ad altra vita, ad altro nido è avvezzo quell'uccellino. Non è fuggito via, come te, per disgusto e fastidio dalla ricchezza e dalla città: tutto ciò egli l'ha dovuto abbandonare suo malgrado. Io ho interrogato il fiume, o amico, molte volte l'ho interrogato. Ma il fiume ride, si fa beffe di me, di me e di te, e se la ride a crepapelle per la nostra follia. Acqua vuole acqua, gioventù vuol gioventù, tuo figlio non è nel luogo adatto alla sua prosperità. Interroga anche tu il fiume, e ascoltalo anche tu! ».

Amareggiato Siddharta fissò il volto affettuoso dell'amico, nelle cui mille piccole rughe abitava una perpetua serenità.

« Ma posso forse separarmi da lui? » chiese a bassa voce, vergognoso. « Concedimi ancora qualche tempo, amico! Vedi, io lotto per lui, per conquistarmi il suo cuore; con l'amore e con la pazienza più affettuosa voglio impadronirmene. Anche a lui dovrà un giorno parlare il fiume, anche lui è un predestinato ».

Più caldo fiorì il sorriso di Vasudeva. « Oh sì, anche lui è predestinato, anche lui appartiene alla vita eterna. Ma sappiamo forse, tu e io, a che è predestinato, a qual cammino, a quali imprese, a quali dolori? Non sarà poco il suo soffrire: orgoglioso e duro è già il suo cuore, e molto devono soffrire gli uomini come lui, molto errare, molte ingiustizie commettere, caricarsi di molti peccati. Dimmi, amico: tu non educhi tuo figlio? non lo costringi? non lo picchi? non lo castighi?».

«No, Vasudeva, non faccio nulla di tutto questo».

«Lo sapevo. Tu non lo costringi, non lo picchi, non gli dài ordini, perché sai che c'è più forza nel molle che nel duro, sai che l'acqua è più forte della pietra, che l'amore è più forte della violenza. Molto bene, ti lodo. Ma non ti sbagli forse, credendo di non costringerlo, di non castigarlo? Non lo leghi tu forse in catene con il tuo amore? Non lo svergogni ogni giorno e non gli rendi la vita ancor più dura con la tua bontà e con la tua pazienza? Non lo costringi forse a vivere, lui, un ragazzo orgoglioso e viziato, in una capanna con due vecchi mangia-banane, per i quali il riso è già una leccornia, i cui pensieri non possono essere i suoi, il cui cuore è vecchio e calmo e ha un altro passo che il suo? Tutto questo non è forse costrizione, castigo, per lui?».

Siddharta guardava a terra, colpito. Chiese a bassa voce: «Che cosa dovrei fare, secondo te?».

Vasudeva parlò: «Riportalo in città, riportalo nella casa di sua madre: là ci saranno ancora servitori, affidalo a loro. E se non ce ne saranno più portalo a un maestro, non tanto perché studi, ma perché si trovi con altri ragazzi e ragazze, ed entri nel mondo che è suo. Non ci hai mai pensato?».

«Tu vedi dentro il mio cuore» disse Siddharta con tristezza. «Ci ho pensato spesso. Ma vedi, come posso affidarlo a quel mondo, lui, che

162

è tutt'altro che un cuore mite? Non mi diventerà protervo, non si perderà nei piaceri e nel gusto della potenza, non ripeterà tutti gli errori di suo padre, non correrà forse il rischio di perdersi irrimediabilmente nella samsara? ».

Il sorriso del barcaiolo si fece luminoso; egli toccò con dolcezza il braccio di Siddharta, e disse: « Ma su questo interroga il fiume, amico! Ascolta come ne ride! Dunque, tu credi proprio d'aver commesso le tue follie per risparmiarle a tuo figlio? E puoi forse proteggere tuo figlio dalla samsara? In che modo? Con la dottrina, con la preghiera, con le esortazioni? Caro mio, hai dunque interamente dimenticato quella storia, quella istruttiva storia di Siddharta, il figlio del Brahmino, che tu mi raccontasti proprio qui, in questo stesso posto? Chi ha protetto il Samana Siddharta dalla samsara, dal peccato, dall'avidità, dalla stoltezza? Forse l'hanno potuto proteggere la compunzione di suo padre, le esortazioni dei suoi maestri, la sua stessa dottrina, la sua stessa ansia di ricerca? Qual padre, qual maestro ha potuto proteggerlo da questa necessità di vivere egli stesso la sua vita, di caricarsi egli stesso la sua parte di colpe, di bere egli stesso l'amaro calice, di trovare egli stesso la sua via? Credi dunque, amico, che questa via qualcuno se la possa risparmiare? Forse il tuo figlioletto, perché tu gli vuoi bene, perché tu vorresti risparmiargli sofferenze, dolore, delusione? Ma anche se tu morissi per lui dieci volte, non po-

163

tresti sollevarlo della più piccola particella del suo destino ».

Vasudeva non aveva ancor mai pronunciato tante parole in una volta sola. Siddharta lo ringraziò affettuosamente, poi rientrò amareggiato nella capanna, e per lungo tempo non poté prender sonno. Vasudeva non gli aveva detto nulla ch'egli stesso non avesse già pensato e saputo. Ma era un sapere ch'egli non riusciva a mettere in atto; più forte che il sapere era il suo amore per il bambino, la sua tenerezza, la sua paura di perderlo. Gli era dunque mai successo di perdere a tal punto il proprio cuore, aveva mai amato a tal punto una creatura umana, così ciecamente, con tanto dolore, con tanto insuccesso, eppure con tanta felicità?

Siddharta non poteva non seguire il consiglio dell'amico, non poteva non rinviare il figlio. Da quel ragazzo si lasciava comandare, si lasciava disprezzare. Taceva e aspettava, ricominciava ogni giorno la muta lotta dell'affetto, la guerra silenziosa della pazienza. Anche Vasudeva taceva e aspettava benigno, consapevole e tollerante. Nella pazienza erano maestri, l'uno e l'altro.

Un giorno che la vista del ragazzo gli ricordò intensamente Kamala, Siddharta dovette ricordarsi improvvisamente d'una frase che Kamala gli aveva detto un tempo, nei giorni lontani della giovinezza. « Tu non puoi amare » gli aveva detto, ed egli le aveva dato ragione e aveva paragonato se stesso a una stella fissa e gli uomini-bambini a foglie cadenti, e ciò nonostante aveva percepito in quelle parole an-

164

che un suono di rimprovero. Infatti egli non aveva mai potuto perdersi e consacrarsi interamente a un'altra creatura, commettere pazzie per l'amore di qualcuno; mai aveva potuto far qualcosa di simile, e questo era stato – così gli era parso allora – la gran differenza tra lui e gli uomini-bambini. Ma ora, dacché suo figlio era con lui, ora anche lui, Siddharta, era diventato un perfetto uomo-bambino, e soffriva a causa d'una creatura umana, amava una creatura, si perdeva per amore, per amore diventava un povero stolto. Anch'egli sentì ora finalmente, per una volta nella vita, questa fortissima e singolarissima tra le passioni, ne soffrì, soffrì lamentosamente, eppure si sentiva come inebbriato, rinnovato e arricchito di qualche cosa.

Ben s'accorgeva che questo amore, questo amore cieco per suo figlio era una passione, era qualcosa di molto umano, era samsara, una sorgente torbida, un'acqua non pura. Eppure, così sentiva nello stesso tempo, non era senza pregio, era necessario, veniva dalla sua stessa natura. Anche questo piacere chiedeva d'essere espiato, anche questi dolori chiedevano d'essere assaporati, anche queste pazzie chiedevano d'essere commesse.

Il figlio intanto lasciava che lui facesse le sue pazzie, lasciava ch'egli si affannasse, lasciava ch'egli si scoraggiasse ogni giorno per i suoi capricci. Questo padre non aveva nulla che gli riuscisse simpatico, e nulla che gli incutesse rispetto. Era un buon uomo, questo padre, un buono, benigno, mite uomo, forse un uomo molto pio, forse un santo; ma tutte queste non erano qualità che potessero conquistare il ragazzo. Noioso gli riusciva questo padre, che lo teneva là prigioniero nella sua misera capanna: noioso gli riusciva, e il fatto che ricambiasse ogni scortesia con un sorriso, ogni affanno con affettuosità, ogni cattiveria con bontà, proprio questo era l'astuzia più odiosa di quel vecchio sornione. Il ragazzo avrebbe preferito cento volte d'esserne minacciato, d'esserne maltrattato.

Venne un giorno in cui i sentimenti del giovane Siddharta proruppero e si manifestarono apertamente contro il padre. Questi gli aveva dato un incarico, gli aveva ordinato di raccogliere fascine. Ma il ragazzo mise il naso fuor della capanna, rimase lì dispettoso e collerico, pestò i piedi a terra, strinse i pugni e gridò in faccia a suo padre, in un violento sfogo, tutto il suo odio e tutto il suo disprezzo.

« Va' a pigliartele tu stesso le tue fascine, » gridò schiumando di rabbia « io non sono il tuo servo. Sì, lo so che non mi batti, perché non osi; lo so che tu mi vuoi continuamente rimproverare e umiliare con la tua bontà e con le tue premure. Tu vuoi ch'io diventi come te, anch'io così pio, così mite, così saggio! Ma io, ascolta bene, io preferisco, proprio per farti dispetto, diventare un brigante e un assassino da strada e finire all'inferno, piuttosto di diventare come te! Ti odio, tu non sei mio padre, anche se fossi stato mille volte l'amante di mia madre ».

Ira e corruccio lo invasero e traboccarono in

cento parole cattive e perverse contro suo padre. Poi corse via e non ritornò che a tarda sera.

Ma il giorno dopo era sparito. Sparito era pure un cestello intrecciato in corteccia a due colori, nel quale i barcaioli serbavano quelle monetine di rame e d'argento che guadagnavano col loro lavoro. Sparita anche la barca: Siddharta la scorse ferma dall'altra parte del fiume. Il ragazzo era fuggito.

« Devo inseguirlo » disse Siddharta, che dal giorno prima, dopo le parole oltraggiose del figlio, tremava di dolore. « Un ragazzo non può andarsene solo per il bosco. Perirà. Dobbiamo costruire una zattera, Vasudeva, per attraversare il fiume ».

« Costruiremo una zattera » disse Vasudeva « per ricuperare la nostra barca, che il ragazzo ci ha portato via. Ma quanto a lui, dovresti lasciarlo andare, amico, non è più un bambino e sa cavarsi d'impaccio da sé. Egli cerca la strada che va in città, e ha ragione, non dimenticartene. Fa quel che hai trascurato di fare tu. Prende cura di sé, va per la propria strada. Ahimè, Siddharta, ti vedo soffrire, ma tu soffri dolori dei quali si dovrebbe ridere, dei quali tu stesso ben presto riderai ».

Siddharta non rispose. Aveva già afferrato la scure e cominciò a costruire una zattera di bambù, e Vasudeva lo aiutava a legare le canne con liane. Poi s'imbarcarono, furono spinti al largo, e dovettero poi trascinare la zattera contro corrente lungo l'altra riva.

« Perché hai portato la scure? » chiese Siddharta.

Vasudeva disse: « Potrebbe darsi che il remo della nostra barca fosse andato perduto ».

Ma Siddharta sapeva che cosa pensasse il suo amico. Pensava che il ragazzo avesse gettato via il remo o l'avesse spezzato, per vendicarsi o per ostacolare l'inseguimento. E realmente non c'era più remo nella barca. Vasudeva indicò il fondo della barca e guardò l'amico con un sorriso, come se volesse dire: « Non vedi ciò che tuo figlio ti vuol dire? Non vedi che non vuol essere inseguito? ».

Ma non espresse ciò con parole. Si accinse invece a fabbricare un remo nuovo. Siddharta lo salutò, per muovere alla ricerca del fuggitivo. Vasudeva non si oppose.

Quando già da un pezzo Siddharta era in cammino per la foresta, gli venne in mente che il suo cercare fosse inutile. O il ragazzo era già corso molto innanzi e arrivato in città, o, se era ancora in cammino, si sarebbe nascosto davanti a lui che lo inseguiva. Proseguendo nelle sue riflessioni, si rese conto, inoltre, che egli stesso non era in pena per suo figlio; nel suo intimo sapeva benissimo ch'egli non era morto, né lo minacciava nel bosco alcun pericolo. Tuttavia continuava a correre senza posa, non più per salvarlo, ma solo per nostalgia, per vederlo, se possibile, ancora una volta. E corse fino alle porte della città.

Quando giunse nei pressi della città, si fermò sullo stradone presso l'ingresso del bel giardino che una volta era stato di Kamala, e dov'egli, un tempo, l'aveva vista per la prima volta nella sua portantina. Il passato gli risorse nell'anima, di nuovo si rivide là, giovane, un Samana nudo e barbuto, coi capelli pieni di polvere. A lungo Siddharta rimase lì fermo a guardare attraverso la porta aperta nel giardino: monaci in cotta gialla andavano su e giù sotto i magnifici alberi.

A lungo rimase lì in piedi, ripensando, vedendo immagini del passato, riascoltando la storia della sua vita. Rimase lì in piedi a guardare i monaci, ma non vedeva loro, vedeva il giovane Siddharta, vedeva la giovane Kamala passeggiare sotto gli alberi d'alto fusto. Distintamente si vide com'era stato accolto da Kamala, come ne aveva ricevuto il primo bacio, come avesse considerato con orgoglioso disprezzo la sua vecchia condizione di Brahmino, come avesse cominciato con avida baldanza la sua vita mondana. Vide Kamaswami, vide i servi, i festini, i giocatori di dadi, i musici, vide l'uccello canterino di Kamala nella sua gabbia, rivisse ancora una volta tutto ciò, respirò la samsara, sentì ancora una volta il desiderio di liberarsi, godette ancora una volta del sacro Om.

Dopo aver sostato a lungo presso la porta del giardino, Siddharta intuì ch'era un pazzo desiderio quello che l'aveva sospinto fin qui, ch'egli non poteva aiutare suo figlio, e non doveva vincolarsi a lui. Profondamente sentì in cuore l'amore per il figlio fuggito, come una ferita, e sentì insieme che la ferita non gli era data per rovistarci dentro e dilaniarla, ma perché fiorisse in tanta luce.

Che adesso la ferita ancora non fiorisse, ancora non irraggiasse luce, questo era ciò che lo affliggeva. In luogo del desiderio che l'aveva tratto fin qui dietro al figlio fuggito, stava ora il vuoto. Triste si pose a sedere, e sentì qualcosa morire nel cuore, sentì il vuoto, non vide più gioia né scopo. Sedeva assorto, in attesa. Questo l'aveva imparato dal fiume, questo solo: attendere, aver pazienza, ascoltare. E sedette e ascoltò, nella polvere della strada, ascoltò il proprio cuore, come battesse triste e stanco, attese una voce. Molte ore rimase accoccolato in ascolto; non vedeva più immagini, sprofondava nel vuoto e si lasciava affondare, senza scorgere una via d'uscita. E quando sentì la ferita bruciare, pronunciò mentalmente l'Om, si riempì dell'Om. Dal giardino i monaci lo guardavano, e poiché egli rimase accoccolato molte ore e la polvere si posava sui suoi capelli grigi, uno di loro gli si accostò e gli posò accanto due banane. Il vecchio non lo vide.

Da questo incantamento lo scosse una mano che si posò sulla sua spalla. Subito egli riconobbe questo contatto, timido e delicato, e ritornò in sé. Si alzò e salutò Vasudeva, che era venuto dietro ai suoi passi. E quando guardò il viso affettuoso di Vasudeva, gli occhi sereni, le piccole rughe, come riempite di sorriso, anch'egli sorrise. Ora scorse le banane ai suoi piedi, le raccolse, una ne diede al barcaiolo e si mangiò l'altra. Quindi ritornò in silenzio con

Vasudeva nel bosco, ritornò al traghetto. Nessuno parlò di ciò ch'era avvenuto, nessuno fece il nome del ragazzo, nessuno parlò della sua fuga, nessuno parlò della ferita. Nella capanna Siddharta si mise giù sul suo giaciglio, e quando Vasudeva gli s'accostò per offrirgli una scodella di latte di cocco, lo trovò addormentato.

Ancora a lungo bruciò la ferita. Più d'una volta Siddharta dovette portare dall'altra parte del fiume un viandante che aveva con sé un figlio o una figlia, e non poteva vederli senza invidiarli, senza pensare: «Tanti uomini, migliaia, posseggono questo dolcissimo fra tutti i beni: perché io no? Anche i cattivi, anche i ladri e i briganti hanno bambini, e li amano e ne sono amati, soltanto io non posso averne». Così banale, così irragionevole era ora il suo modo di pensare, così simile agli uomini-bambini egli era diventato.

Diversamente che un tempo considerava ora gli uomini, con minore orgoglio, con minore intelligenza, e perciò con tanto maggior calore, curiosità e interesse. Quando traghettava i soliti viandanti, uomini-bambini, mercanti, soldati, donnette del popolo, questa gente non gli riusciva più così estranea come un tempo:

li comprendeva, comprendeva la loro vita guidata non da pensieri e intuizioni, ma unicamente da impulsi e desideri, e si sentiva simile a loro. Sebbene egli fosse vicino alla propria fine, e sopportasse ormai la sua ultima ferita, pure gli sembrava che questi uomini-bambini fossero suoi fratelli; le loro vanità, le loro cupidigie, le loro piccolezze perdevano il ridicolo, diventavano comprensibili, diventavano degne di compassione, perfino di rispetto. Il cieco amore d'una madre per suo figlio, lo sciocco, cieco orgoglio d'un padre presuntuoso per il suo unico figlioletto, il cieco, istintivo gusto di adornarsi e di farsi guardare con ammirazione da occhi maschili, in una donnina giovane e vana, tutti questi impulsi, tutte queste fanciullaggini, tutti questi stimoli e questi appetiti, semplici e stolti, ma smisuratamente forti, pieni di vita, intensamente efficaci, non erano più per Siddharta fanciullaggini: egli vedeva gli uomini vivere per loro, li vedeva per loro compiere sforzi smisurati, intraprender viaggi, far guerre, sopportare fatiche e sofferenze infinite, e proprio per questo ora poteva amarli, vedeva la vita, il principio vitale, l'indistruttibile, Brahma in ognuna delle loro passioni, in ognuna delle loro azioni. Degni d'amore e d'ammirazione erano questi uomini nella loro cieca fedeltà, nella loro forza e tenacia altrettanto cieche. Che cosa mancava loro, che cosa aveva più di loro il saggio, il filosofo, se non un'unica inezia, un'unica, piccola, meschinissima cosa: la coscienza, il pensiero consapevole dell'unità di tutta la vita? E

174

spesso Siddharta dubitava perfino se di questo sapere, di questo pensiero fosse poi proprio da far sì alto conto, o non fosse poi magari anch'esso una fanciullaggine degli uomini-filosofi, dei filosofi-bambini. In tutto il resto gli uomini del mondo erano pari ai saggi, anzi, spesso erano loro di gran lunga superiori, così come anche le bestie, in molti casi, con la sicurezza infallibile dei loro atti guidati dalla necessità, possono sembrare superiori agli uomini.

Lentamente fioriva, lentamente maturava in Siddharta il riconoscimento, la consapevolezza di ciò che realmente sia saggezza, qual fosse la meta del suo lungo cercare. Non era nient'altro che una disposizione dell'anima, una capacità, un'arte segreta di pensare in qualunque istante, nel bel mezzo della vita, il pensiero dell'unità, sentire l'unità e per così dire respirarla. Lentamente questo fioriva in lui, gli raggiava incontro dal vecchio volto infantile di Vasudeva: armonia, scienza dell'eterna perfezione del mondo, sorriso, unità.

Ma la ferita bruciava ancora: con amaro desiderio Siddharta pensava a suo figlio, nutriva in cuore l'amore e la tenerezza per lui, si lasciava consumare dal dolore, commetteva tutte le pazzie dell'amore. Non da sé si sarebbe mai spenta questa fiamma. E un giorno, che la ferita bruciava intensamente, Siddharta attraversò il fiume, sospinto dalla nostalgia, e scese dalla barca deciso ad andare in città e cercare suo figlio. Il fiume scorreva calmo e lieve – era la stagione asciutta – ma la sua voce ave-

175

va uno strano suono: rideva! Era chiaro che rideva. Il fiume rideva, rideva apertamente e sonoramente alle spalle del vecchio barcaiolo. Siddharta si fermò, si chinò sull'acqua per ascoltare meglio, e nell'acqua che fluiva tranquilla vide rispecchiato il proprio volto. In questo volto riflesso c'era qualcosa che gli ricordava un che di dimenticato, e ripensandoci trovò: questo volto somigliava a un altro volto, ch'egli aveva un tempo conosciuto e amato, e anche temuto. Somigliava al volto di suo padre, il Brahmino. E si ricordò come tanto tempo innanzi, giovanetto, egli avesse costretto suo padre a lasciarlo andare dagli eremiti, come avesse preso congedo da lui, come se ne fosse andato senza fare mai più ritorno. Non aveva sofferto anche suo padre della stessa pena di cui egli soffriva ora per suo figlio? Non era morto in solitudine suo padre da tanto tempo, senza averlo più rivisto? Non doveva egli stesso attendersi questo destino? Non era una commedia, una strana e sciocca faccenda questo correre in un cerchio fatale?

Il fiume rideva. Sì, era così, tutto ciò che non era stato sofferto e consumato fino alla fine si ripeteva, e sempre si soffrivano di nuovo gli stessi dolori. Ma Siddharta rimontò nella barca e fece ritorno alla capanna, ripensando a suo padre, ripensando a suo figlio, deriso dal fiume, in disaccordo con se stesso, vicino alla disperazione, e meno vicino a ridere sonoramente di sé e del mondo intero. Ahimè! non ancora fioriva la ferita, ancora si ribellava il suo cuore contro il destino, non ancora germogliavano serenità e vittoria dal suo soffrire. Tuttavia sentiva qualcosa come una speranza, e quando fu rientrato nella capanna sentì un irresistibile desiderio di aprirsi a Vasudeva, di rivelargli tutto, di raccontare tutto a lui, ch'era maestro nell'ascoltare.

Vasudeva sedeva nella capanna e intrecciava una cesta. Non guidava più la barca, i suoi occhi cominciavano a indebolirsi, e non solo gli occhi, ma anche braccia e mani. Soltanto la gioia e la serena benevolenza del suo viso fiorivano immutate.

Siddharta si pose a sedere accanto al vecchio, cominciò a parlare lentamente. Raccontò quelle cose di cui non avevano mai parlato, della sua andata in città, quella volta, della ferita ardente, della sua invidia alla vista dei padri felici, della sua vana lotta contro questi desideri di cui conosceva benissimo la stoltezza. Riferiva ogni cosa, anche le più penose, tutto poteva dire, tutto si sforzava di dire, tutto poteva raccontare e rivelare. Scopriva la propria ferita, raccontando anche della sua ultima fuga, quel giorno stesso, come si fosse imbarcato, fanciullino, col proposito di recarsi in città, e come il fiume ne aveva riso.

Mentre parlava – e parlò a lungo – mentre Vasudeva ascoltava tranquillo in volto, Siddharta sentiva quest'attrazione di Vasudeva più forte di quanto l'avesse mai sentita, sentiva i suoi dolori, i suoi affanni svanire, sentiva la sua segreta speranza prendere il volo e di laggiù venirgli di nuovo incontro. Mostrare la propria ferita a questo ascoltatore era lo stesso che lavarla nel fiume, finché diventasse fredda e una cosa sola col fiume. Mentre ancora continuava a parlare e a confessarsi, Siddharta sentiva sempre più che questo non era più Vasudeva, non era più un uomo che l'ascoltava, che questo immobile ascoltatore assorbiva in sé la sua confessione come un albero la pioggia, che questo uomo immobile era il fiume stesso, era Iddio stesso, era l'Eterno. E mentre Siddharta cessava di pensare a sé e alla propria ferita, questa scoperta del mutato essere di Vasudeva si impossessava di lui, e quanto più egli se n'accorgeva e ci s'immergeva, tanto meno la cosa diventava meravigliosa, tanto più egli scorgeva che tutto era in regola e naturale, che già da lungo tempo, forse da sempre Vasudeva era stato così, soltanto egli non se n'era mai reso conto pienamente. Sentiva ch'egli ora vedeva il vecchio Vasudeva come il popolo vede gli dèi, e che un simile stato non poteva durare; nel suo cuore cominciava già a prender congedo da Vasudeva. Con tutto ciò continuava a parlare.

Quand'egli ebbe finito, Vasudeva levò su di lui il suo sguardo affettuoso, un po' indebolito dagli anni, non parlò, ma gli diffuse incontro in silenzio amore e serenità, comprensione e sapere. Prese per mano Siddharta, lo condusse al sedile presso la riva, sedette con lui, e sorrise al fiume.

« Tu l'hai sentito ridere » disse. « Ma non hai sentito tutto. Ascoltiamo, udrai ancor altro ».

Ascoltarono. Lieve si levava il canto del fiume dalle molte voci. Siddharta guardò nell'acqua

178

e nell'acqua gli apparvero immagini: apparve suo padre, solo, afflitto per il figliolo; egli stesso apparve, solo, anch'egli avvinto dai legami della nostalgia per il figlio lontano; apparve suo figlio, solo anche lui, avido ragazzo sfrenato sulla strada ardente dei suoi giovani desideri, ognuno teso alla sua meta, ognuno in preda alla sofferenza. Il fiume cantava con voce dolorosa, con desiderio, e con desiderio scorreva verso la sua meta, la sua voce suonava come un lamento.

«Odi?» chiese lo sguardo silenzioso di Vasudeva. Siddharta annuì.

«Ascolta meglio!» sussurrò Vasudeva.

Siddharta si sforzò d'ascoltar meglio. L'immagine del padre, la sua propria immagine, l'immagine del figlio si mescolarono l'una nell'altra, anche l'immagine di Kamala apparve e sparì, e così l'immagine di Govinda, e altre ancora, e tutte si mescolarono insieme, tutte si tramutarono in fiume, tutte fluirono come un fiume verso la meta, bramose, avide, sofferenti, e la voce del fiume suonava piena di nostalgia, piena di ardente dolore, d'insaziabile desiderio. Il fiume tendeva alla meta, Siddharta lo vedeva affrettarsi, quel fiume che era fatto di lui e dei suoi e di tutti gli uomini ch'egli avesse mai visto, tutte le onde, tutta quell'acqua si affrettavano, soffrendo, verso le loro mete. Molte mete: la cascata, il lago, le rapide, il mare, e tutte le mete venivano raggiunte, e a ogni meta una nuova ne seguiva, e dall'acqua si generava vapore e saliva in cielo, diventava pioggia e precipitava giù dal cielo, diventava fonte, ruscello, fiume, e di nuovo riprendeva il suo cammino, di nuovo cominciava a fluire. Ma l'avida voce era mutata. Ancora suonava piena d'ansia e d'affanno, ma altre voci si univano a lei, voci di gioia e di dolore, voci buone e cattive, sorridenti e tristi, cento voci, mille voci. Siddharta ascoltava. Era ora tutt'orecchi, interamente immerso in ascolto, totalmente vuoto, totalmente disposto ad assorbire; sentiva che ora aveva appreso tutta l'arte dell'ascoltare. Spesso aveva già ascoltato tutto ciò, queste mille voci nel fiume; ma ora tutto ciò aveva un suono nuovo. Ecco che più non riusciva a distinguere le molte voci, le allegre da quelle in pianto, le infantili da quelle virili, tutte si mescolavano insieme, lamenti di desiderio e riso del saggio, grida di collera e gemiti di morenti, tutto era una cosa sola, tutto era mescolato e intrecciato, in mille modi contesto. E tutto insieme, tutte le voci, tutte le mete, tutti i desideri, tutti i dolori, tutta la gioia, tutto il bene e il male, tutto insieme era il mondo. Tutto insieme era il fiume del divenire, era la musica della vita. E se Siddharta ascoltava attentamente questo fiume, questo canto dalle mille voci, se non porgeva ascolto né al dolore né al riso, se non legava la propria anima a una di quelle voci e se non s'impersonava in essa col proprio Io, ma tutte le udiva, percepiva il Tutto, l'Unità, e allora il grande canto delle mille voci consisteva di un'unica parola, e questa parola era Om: la perfezione.

« Senti? » chiese di nuovo lo sguardo di Vasudeva. Chiaro splendeva il sorriso di Vasudeva,
sopra tutte le rughe del suo vecchio volto aleg-
giava luminoso, così come l'Om si librava su
tutte le voci del fiume. Chiaro splendeva il suo
sorriso quando guardava l'amico, e chiaro
splendeva ora lo stesso sorriso anche sul volto
di Siddharta. La sua ferita fioriva, il suo dolore spandeva raggi, mentre il suo Io confluiva
nell'Unità.

In quell'ora Siddharta cessò di lottare contro il
destino, in quell'ora cessò di soffrire. Sul suo
volto fioriva la serenità del sapere, cui più non
contrasta alcuna volontà, il sapere che conosce
la perfezione, che è in accordo con il fiume del
divenire, con la corrente della vita, un sapere
che è pieno di compassione e di simpatia, do-
cile al flusso degli eventi, aderente all'Unità.

Quando Vasudeva si alzò dal sedile presso la
riva, quando guardò Siddharta negli occhi e vi
scorse scintillare la serenità del sapere, gli posò lievemente una mano sulla spalla, con le sue
maniere caute e delicate, e disse: « Aspettavo
quest'ora, amico. Ora è venuta, lasciami andare. A lungo ho aspettato quest'ora, a lungo sono stato il barcaiolo Vasudeva. Ora basta. Addio capanna, addio fiume, addio Siddharta! ».

Siddharta s'inchinò profondamente davanti al
compagno che si congedava.

« L'avevo sempre saputo » disse a bassa voce.

« Andrai nelle foreste, ora? ».

« Vado nelle foreste, vado nell'Unità » disse
Vasudeva raggiante di luce.

Raggiante si allontanò: Siddharta lo seguì a lungo con lo sguardo. Con profonda gioia, con serenità profonda lo guardò dileguare, e vide i suoi passi pieni di pace, vide il suo capo circonfuso di splendore, vide la sua figura radiosa di luce.

GOVINDA

Con altri monaci s'indugiava un giorno Govinda, durante un riposo nel giardino di cui la cortigiana Kamala aveva fatto dono ai discepoli di Gotama. Aveva sentito parlare di un barcaiolo che abitava presso il fiume, a una giornata di cammino, e che da molti era ritenuto un saggio. Quando Govinda riprese il suo cammino, scelse la via che portava al traghetto, curioso di vedere questo barcaiolo. Poiché, sebbene egli fosse vissuto tutta la vita secondo la Regola e fosse anche considerato con rispetto dai monaci più giovani per la sua età e per la sua devozione, pure non era spenta nel suo cuore l'irrequietezza e l'ansia della ricerca.

Venne dunque al fiume, pregò il vecchio che lo traghettasse, e quando furono sulla barca gli disse: « Tu hai dimostrato molta bontà verso noi monaci e pellegrini, molti di noi hai già traghettato. Non sei anche tu, o barcaiolo, uno che cerca la retta via?».

Parlò Siddharta, e i suoi vecchi occhi eran tutto un sorriso: «Come, tu ti dici uno che cerca, o venerabile, eppure sei già avanti negli anni, e porti l'abito dei monaci di Gotama?».

«Son vecchio, sì» disse Govinda «ma di cercare non ho mai tralasciato. E mai cesserò di cercare, questo mi sembra il mio destino. Ma tu pure hai cercato, così mi pare. Vuoi dirmi una parola, o degnissimo?».

Disse Siddharta: «Che dovrei mai dirti, io, o venerabile? Forse questo, che tu cerchi troppo? Che tu non pervieni a trovare per il troppo cercare?».

«Come dunque?» chiese Govinda.

«Quando qualcuno cerca,» rispose Siddharta «allora accade facilmente che il suo occhio perda la capacità di vedere ogni altra cosa, fuori di quella che cerca, e che egli non riesca a trovar nulla, non possa assorbir nulla, in sé, perché pensa sempre unicamente a ciò che cerca, perché ha uno scopo, perché è posseduto dal suo scopo. Cercare significa: avere uno scopo. Ma trovare significa: esser libero, restare aperto, non aver scopo. Tu, venerabile, sei forse di fatto uno che cerca, poiché, perseguendo il tuo scopo, non vedi tante cose che ti stanno davanti agli occhi».

«Non capisco ancora completamente» pregò Govinda. «Che intendi dire con ciò».

Parlò Siddharta: «Un tempo, o venerabile, tanti anni fa, tu passasti già un'altra volta presso questo fiume, e vi trovasti un uomo addor-

184

mentato, e ti sedesti accanto a lui per proteggerne il sonno. Ma quell'uomo che dormiva, o Govinda, tu non l'hai riconosciuto ».

Stupito, come affascinato, il monaco fissava il barcaiolo negli occhi.

« Tu sei Siddharta? » chiese timidamente.

« Anche questa volta non t'avrei riconosciuto! Di cuore ti saluto, Siddharta! Di cuore mi rallegro di rivederti! Tu sei molto mutato, amico! E così, ora sei diventato barcaiolo? ».

Siddharta rise affettuosamente. « Ma sì, barcaiolo. Tanti, Govinda, hanno bisogno di molti cambiamenti, devono portare ogni sorta d'abiti, e io sono uno di quelli, amico. Sii benvenuto, Govinda, e resta questa notte nella mia capanna ».

Govinda passò la notte nella capanna e dormì sul giaciglio ch'era stato un tempo il giaciglio di Vasudeva. Molte domande rivolse all'amico della sua giovinezza, molto gli dovette raccontare Siddharta della propria vita.

Il mattino seguente, quando per lui fu ora di riprendere il cammino, Govinda disse, non senza esitazione, queste parole: « Prima ch'io continui il mio pellegrinaggio, Siddharta, permettimi ancora una domanda. Hai tu una dottrina? Hai una fede o una scienza che tu segua, che ti aiuti a vivere e a ben fare? ».

Parlò Siddharta: « Tu sai, amico, che già da giovane, allora, quando vivevamo tra gli asceti nel bosco, io ero pervenuto a diffidare delle dottrine e dei maestri e ad allontanarmi da loro. Sono rimasto allo stesso punto. Tuttavia ho avuto dopo d'allora molti maestri. Una bella cortigiana è stata per lungo tempo mia maestra, e un ricco mercante fu mio maestro, nonché alcuni giocatori d'azzardo. Una volta anche un discepolo del Buddha in pellegrinaggio fu mio maestro; egli mi sedette accanto, interrompendo il suo andare. Anche da lui ho appreso, anche a lui sono riconoscente, molto riconoscente. Ma soprattutto ho imparato qui, da questo fiume, e dal mio predecessore, il barcaiolo Vasudeva. Era un uomo semplice, Vasudeva, non era un filosofo; ma sapeva ciò che occorre sapere, tanto bene quanto Gotama, era un perfetto, un santo ».

Disse Govinda: « Ancor sempre, Siddharta, tu ami un poco lo scherzo, a quel che vedo. Io ti credo, e so che non hai seguìto nessun maestro. Ma non hai tu stesso trovato, se non una dottrina, almeno alcuni pensieri, alcuni princìpi fondamentali che ti son propri e che ti aiutano a vivere? Se tu mi volessi dire qualcosa di ciò riempiresti di gioia il mio cuore ».

Rispose Siddharta: « Ho avuto pensieri, sì, e princìpi, e come! Tante volte ho sentito in me il sapere, per un'ora o per un giorno così come si sente la vita nel proprio cuore. Molti pensieri furono quelli, ma mi sarebbe difficile fartene parte. Vedi, Govinda, questo è uno dei miei pensieri, di quelli che ho trovato io: la saggezza non è comunicabile. La saggezza che un dotto tenta di comunicare ad altri, ha sempre un suono di pazzia ».

« Vuoi scherzare? » chiese Govinda.

« Non scherzo. Dico quel che ho trovato. La scienza si può comunicare, ma la saggezza no.

Si può trovarla, si può viverla, si può farsene portare, si possono fare miracoli con essa, ma dirla e insegnarla non si può. Questo era ciò che da giovane avevo più d'una volta presentito e che mi ha tenuto lontano dai maestri. Ho trovato un pensiero, Govinda, che tu riterrai di nuovo uno scherzo o una sciocchezza, ma che è il migliore di tutti i miei pensieri. Ed è questo: d'ogni verità anche il contrario è vero! In altri termini: una verità si lascia enunciare e tradurre in parole soltanto quando è unilaterale. E unilaterale è tutto ciò che può essere concepito in pensieri ed espresso in parole, tutto unilaterale, tutto dimidiato, tutto privo di totalità, di sfericità, di unità. Quando il sublime Gotama nel suo insegnamento parlava del mondo, era costretto a dividerlo in samsara e nirvana, in illusione e verità, sofferenza e liberazione. Non si può far diversamente, non c'è altra via per chi vuol insegnare. Ma il mondo in sé, ciò che esiste intorno a noi e in noi, non è unilaterale. Mai un uomo, o un atto, è tutto samsara o tutto nirvana, mai un uomo è interamente santo o interamente peccatore. Sembra così, perché noi siamo soggetti alla illusione che il tempo sia qualcosa di reale. Il tempo non è reale, Govinda; questo io l'ho appreso ripetutamente, in più d'una occasione. E se il tempo non è reale, allora anche la discontinuità che sembra esservi tra il mondo e l'eternità, tra il male e il bene, è un'illusione».

« Ma come? » chiese Govinda ansiosamente.

« Ascolta, caro, ascolta bene! Il peccatore ch'io

sono e che tu sei è peccatore, sì, ma un giorno
sarà di nuovo Brahma, un giorno raggiungerà
il nirvana, sarà Buddha. E ora vedi: questo
"un giorno" è illusione, è soltanto un modo
di dire! Il peccatore non è in cammino per
diventare Buddha, non è coinvolto in un pro-
cesso di sviluppo, sebbene il nostro pensiero
non sappia rappresentarsi le cose diversamente.
No, nel peccatore è, già ora, oggi stesso, il fu-
turo Buddha, il suo avvenire è già tutto presente, tu devi venerare in lui, in te, in ognuno
il Buddha potenziale, il Buddha in divenire, il
Buddha nascosto. Il mondo, caro Govinda, non
è imperfetto, o impegnato in una lunga via
verso la perfezione: no, è perfetto in ogni i-
stante, ogni peccato porta già in sé la grazia,
tutti i bambini portano già in sé la vecchiaia,
tutti i lattanti la morte, tutti i morenti la vita
eterna. Non è concesso all'uomo di scorgere
a che punto sia il suo simile della propria strada: in briganti e in giocatori d'azzardo si cela
il Buddha, nel Brahmino può celarsi il brigante. La meditazione profonda consente la possi-
bilità di abolire il tempo, di vedere in contemporaneità tutto ciò che è stato, ciò che è e ciò
che sarà, e allora tutto è bene, tutto è perfetto,
tutto è Brahma. Per questo a me par buono tutto ciò che esiste, la vita come la morte, il peccato come la santità, l'intelligenza come la stoltezza, tutto dev'essere così, tutto richiede solamente il mio accordo, la mia buona volontà, la
mia amorosa comprensione, e così per me tutto
è bene, nulla mi può far male. Ho appreso, nel-
l'anima e nel corpo, che avevo molto bisogno

del peccato, avevo bisogno della voluttà, dell'ambizione, della vanità, e avevo bisogno della più ignominiosa disperazione, per imparare la rinuncia a resistere, per imparare ad amare il mondo, per smettere di confrontarlo con un certo mondo immaginato, desiderato da me, con una specie di perfezione da me escogitata, ma per lasciarlo, invece, così com'è, e amarlo e appartenergli con gioia. Tali, o Govinda, sono alcuni dei pensieri che mi sono venuti in mente ».

Siddharta si chinò, alzò una pietra da terra e la soppesò sulla mano.

« Questa » disse giocherellando « è una pietra, e forse, entro un determinato tempo, sarà terra, e di terra diventerà pianta, o bestia, o uomo. Bene, un tempo io avrei detto: "Questa pietra è soltanto una pietra, non val niente, appartiene al mondo di Maya: ma poiché forse nel cerchio delle trasformazioni può anche diventar uomo e spirito, per questo io attribuisco anche a lei un pregio". Così avrei pensato un tempo. Ma oggi invece penso: questa pietra è pietra, ed è anche animale, è anche dio, è anche Buddha, io l'amo e l'onoro non perché un giorno o l'altro possa diventare questo o quello, ma perché essa è, ed è sempre stata, tutto; e appunto questo fatto, che sia pietra, che ora mi appaia come pietra, proprio questo fa sì ch'io l'ami, e veda un senso e un valore in ognuna delle sue vene e cavità, nel giallo, nel grigio, nella durezza, nel suono che emette quando la colpisco, nell'aridità e nella umidità della sua superficie. Ci sono pietre che hanno

189

al tatto un'apparenza oleosa, o come di sapone,
e altre che paiono foglie, altre sabbia, e ognuna è speciale e prega l'Om a modo suo, ognuna è Brahma, ma nello stesso tempo è anche
pietra, è oleosa o grassa come sapone, e appunto questo mi piace e mi sembra meraviglioso e
degno di adorazione. Ma non farmi più dir altro di ciò. Le parole non colgono il significato
segreto, tutto appare sempre un po' diverso
quando lo si esprime, un po' falsato, un po'
sciocco, sì, e anche questo è bene e mi piace
moltissimo, anche con questo sono perfettamente d'accordo, che ciò che è tesoro e saggezza d'un uomo suoni sempre un po' sciocco alle
orecchie degli altri ».
Govinda ascoltava in silenzio.
« Perché mi hai detto quella faccenda della
pietra? » chiese, dopo una pausa, esitando.
« Mi venne detto senza premeditazione. O forse era per dire che appunto questa pietra, e il
fiume, e tutte queste cose dalle quali possia-
mo imparare, io le amo. Posso amare una pietra, Govinda, e anche un albero o un pezzo di
corteccia. Queste son cose, e le cose si possono
amare. Ma le parole non le posso amare. Ecco
perché le dottrine non contan nulla per me:
non sono né dure né molli, non hanno colore,
non hanno spigoli, non hanno odori, non hanno sapore, non hanno null'altro che parole.
Forse è questo ciò che impedisce di trovar la
pace: le troppe parole. Poiché anche liberazione e virtù, anche samsara e nirvana sono
mere parole, Govinda. Non c'è nessuna cosa

190

che sia il nirvana, esiste solo la parola nirvana ».

Disse Govinda: « Non una sola parola è il nirvana, amico. È un pensiero ».

Siddharta continuò: « Un pensiero, sia pure. Devo confessarti, mio caro, che non faccio una gran distinzione tra pensieri e parole. Per dirtela schietta, non tengo i pensieri in gran conto. Apprezzo di più le cose. Qui a questo traghetto, per esempio, ci fu, mio predecessore e maestro, un uomo, un santo uomo, che per tanti anni credette semplicemente nel fiume e in nient'altro. Egli aveva notato che la voce del fiume gli parlava, e da quella imparava, essa lo educava e lo istruiva, il fiume gli pareva un dio, e per tanti anni non seppe che ogni brezza, ogni nuvola, ogni uccello, ogni insetto è altrettanto divino e può essere altrettanto saggio e istruttivo quanto il venerato fiume. Ma quando questo santo se ne andò nella foresta, allora sapeva già tutto, sapeva più di te e di me, senza maestro, senza libri, solo perché aveva avuto fede nel fiume ».

Govinda disse: « Ma ciò che tu chiami "cose", è forse qualcosa di reale, di essenziale? Non è soltanto illusione di Maya, soltanto immagine e apparenza? La tua pietra, il tuo albero, il tuo fiume, sono forse realtà? ».

« Anche questo » disse Siddharta « non mi preoccupa molto. Siano o non siano le cose soltanto apparenza, allora sono apparenza anch'io e quindi esse sono sempre miei simili. Questo è ciò che me le rende così care e rispettabili: sono miei simili. Per questo posso amarle. Ed

191

eccoti ora una dottrina della quale riderai: l'amore, o Govinda, mi sembra di tutte la cosa principale. Penetrare il mondo, spiegarlo, disprezzarlo, può essere l'opera dei grandi filosofi. Ma a me importa solo di poter amare il mondo, non disprezzarlo, non odiare il mondo e me; a me importa solo di poter considerare il mondo, e me e tutti gli esseri, con amore, ammirazione e rispetto ».

« Questo lo capisco » disse Govinda. « Ma appunto in ciò egli, il Sublime, riconobbe un inganno. Egli prescrisse la benevolenza, la generosità, la compassione, l'indulgenza, ma non l'amore; egli ci proibì di vincolare il nostro cuore nell'amore di cose terrene ».

« Lo so » disse Siddharta, e il suo sorriso pareva ora raggiante. « Lo so, Govinda. E, vedi, qui siamo proprio nel cuore delle opinioni, dei contrasti di parole. Poiché io non posso negare che le mie parole sull'amore non siano in contrasto, in apparente contrasto con le parole di Gotama. Appunto per questo diffido tanto delle parole, perché so che questo contrasto è illusorio. So che son d'accordo con Gotama. Come potrebbe non conoscere l'amore, lui che aveva riconosciuto tutta la caducità, la nullità del genere umano, eppure amava tanto gli uomini da impiegare tutta una lunga vita laboriosa unicamente a soccorrerli, ad ammaestrarli! Anche in lui, nel tuo grande maestro, mi son più care le cose che le parole, la sua vita e i suoi fatti più che i suoi discorsi: sono più importanti gli atti della sua mano che le sue opinioni. Non nella parola, non nel pensiero, vedo la sua grandezza, ma nella vita, nell'azione ».

Tacquero a lungo i due vecchi. Poi Govinda parlò, mentre s'inchinava per prendere congedo: « Ti ringrazio, Siddharta, di avermi rivelato qualcosa dei tuoi pensieri. Sono pensieri singolari, in parte, e non tutti mi sono riusciti immediatamente chiari. Ma comunque sia, ti ringrazio, e ti auguro giorni di pace ».

(Ma in segreto pensava: Questo Siddharta è un uomo stupefacente, meravigliosi pensieri esprime, e la sua dottrina sembra un po' pazzesca. Ben altrimenti suona la pura dottrina del Sublime, più chiara, più pura, più razionale, e non contiene nulla di bizzarro, di pazzesco o di ridicolo. Ma ben altro che i suoi pensieri mi sembrano le mani e i piedi di Siddharta, i suoi occhi, la fronte, il respiro, il sorriso, il modo di salutare, di camminare. Mai, dacché il nostro sublime Gotama entrò nel nirvana, mai ho incontrato un uomo del quale sentissi così distintamente: costui è un santo! Soltanto lui, questo Siddharta mi ha fatto questa impressione. La sua dottrina può esser strana, pazzesche possono suonare le sue parole, ma il suo sguardo e la sua mano, la sua pelle e i suoi capelli, tutto in lui irradia una purezza, una pace, irradia una serenità e mitezza e santità, quale non ho mai visto in nessun uomo dopo la morte del nostro sublime maestro).

Mentre Govinda svolgeva questi pensieri, e una contraddizione si dibatteva nel suo cuore, l'amore lo trasse a inchinarsi ancora una volta a Siddharta. Questi sedeva tranquillamente, e Govinda gli fece un profondo inchino.

« Siddharta, » disse « tutti e due siamo diventati vecchi. Difficilmente ci rivedremo ancora in questa forma umana. Vedo, amico, che tu hai trovato la pace. Io riconosco di non averla trovata. Dimmi ancora una parola, o degnissimo amico, dammi qualcosa ch'io possa afferrare, ch'io possa comprendere! Dammi qualcosa che mi accompagni nel mio cammino. Spesso è gravoso il mio cammino, e spesso oscuro, Siddharta ».

Siddharta taceva e lo guardava con quel suo sorriso tranquillo, sempre uguale. Govinda lo guardava fisso in volto, con ansia, con desiderio. La sofferenza d'un eterno cercare era scritta nel suo sguardo, la sofferenza d'un eterno non trovare. Siddharta guardava e sorrideva.

« Chinati verso me! » sussurrò piano all'orecchio di Govinda. « Chinati verso di me! Così, ancora più vicino! proprio vicino! Baciami sulla fronte. Govinda! ».

Ma mentre Govinda obbediva alle sue parole, meravigliato, eppure attratto dal grande amore e da una specie di presentimento, e si accostava a lui e gli sfiorava la fronte con le labbra, gli accadde qualcosa di meraviglioso. Mentre i suoi pensieri ancora s'occupavano delle meravigliose parole di Siddharta, ancora si sforzava invano, e con una certa ripugnanza, di pensare l'abolizione del tempo, d'immaginarsi nirvana e samsara come una cosa sola, mentre perfino un certo disprezzo per le parole dell'amico combatteva in lui con l'amore sconfinato e col rispetto, ecco quel che gli accadde: Non vide più il volto del suo amico Siddharta, vedeva invece altri volti, molti, una lunga fila, un fiume di volti, centinaia, migliaia di volti, che tutti venivano e passavano, ma pure apparivano anche tutti insieme, e tutti si mutavano e rinnovavano continuamente, eppure erano tutti Siddharta. Vide il volto d'un pesce, d'un carpio, con la bocca spalancata in un dolore infinito, un pesce in agonia, con gli occhi che scoppiavano – vide il volto d'un bimbo appena nato, rosso e pieno di rughe, contratto nel pianto – vide il volto d'un assassino, e vide costui piantare un coltello nella pancia d'un uomo – vide, nello stesso istante, questo malfattore incatenato e in ginocchio davanti al boia, che gli mozzava la testa con un colpo della mannaia – vide i corpi d'uomini e donne nudi, negli atti e nella lotta di frenetico amore – vide cadaveri distesi, tranquilli, freddi, vuoti – vide teste d'animali, di cinghiali, di coccodrilli, d'elefanti, di tori, d'uccelli – vide dèi, vide Krishna, vide Agni – vide queste immagini e questi volti mescolati in mille reciproci rapporti, ognuno aiutare gli altri, amarli, odiarli, distruggerli, rigenerarli, ognuno avviato alla morte, ognuno testimonianza appassionatamente dolorosa della loro caducità, eppure nessuno moriva, ognuno si trasformava soltanto, veniva un'altra volta generato, riceveva un volto sempre nuovo, senza che, tuttavia, ci fosse un intervallo di tempo fra l'uno e l'altro volto – e tutte queste immagini e questi volti giacevano, fluivano, si generavano, galleggiavano e rifluivano l'uno nell'altro, e sopra tutti v'era costantemente qualcosa di sottile, d'impalpabile, eppure reale, come un vetro o un ghiaccio sottilissimo, interposto, come una pellicola trasparente, un guscio o una forma o una maschera d'acqua, e questa maschera sorrideva, e questa maschera era il volto sorridente di Siddharta, che egli, Govinda, proprio in quell'istante sfiorava con le labbra. E, così parve a Govinda, questo sorriso della maschera, questo sorriso dell'unità sopra il fluttuar delle forme, questo sorriso della contemporaneità sopra le migliaia di nascite e di morti, questo sorriso di Siddharta era appunto il medesimo, era esattamente il costante, tranquillo, fine, impenetrabile, forse benigno, forse schernevole, saggio, multirugoso sorriso di Gotama, il Buddha, quale egli stesso l'aveva visto centinaia di volte con venerazione. Così – questo Govinda lo sapeva – così sorridono i Perfetti.

Senza più sapere che cosa fosse il tempo, senza più sapere se questo brivido fosse durato un secondo o un secolo, senza più sapere se esistesse un Siddharta, o un Gotama, un Io o un Tu, ferito nel più profondo dell'anima come da una saetta divina, la cui ferita fosse tutta dolcezza, affascinato e sciolto nell'intimo suo, Govinda rimase ancora un poco chinato sul tranquillo volto di Siddharta, che aveva giust'appunto baciato, ch'era stato giust'appunto teatro di tutte quelle immagini, di tutto quel divenire, di tutto quell'essere. Il volto era immutato, dopo che la profondità delle mille rughe s'era di nuovo chiusa sotto la sua superficie, ed egli sorrideva tranquillo, sorrideva dolce e sommesso, forse molto benignamente, forse molto schernevole, esattamente com'egli aveva sorriso, il Sublime.

Profondamente s'inchinò Govinda, sul suo vecchio viso corsero lacrime, delle quali egli nulla sapeva, come un fuoco arse nel suo cuore il sentimento del più intimo amore, della più umile venerazione. Profondamente egli s'inchinò, fino a terra, davanti all'uomo che sedeva immobile e il cui sorriso gli ricordava tutto ciò ch'egli avesse mai amato in vita sua, tutto ciò che nella sua vita vi fosse mai stato di prezioso e di sacro.

Opere pubblicate in questa collana:

1. Hermann Hesse, *Il pellegrinaggio in Oriente* (19ª ediz.)
2. Marcel Granet, *La religione dei Cinesi* (5ª ediz.)
3. Robert Musil, *Sulle teorie di Mach* (4ª ediz.)
4. James Boswell, *Visita a Rousseau e a Voltaire* (3ª ediz.)
5. Freud-Groddeck, *Carteggio* (4ª ediz.)
6. Nyogen Senzaki - Paul Reps, *101 storie Zen* (24ª ediz.)
7. Gertrude Stein, *Picasso* (7ª ediz.)
8. Pierre Klossowski, *Le dame romane* (3ª ediz.)
9. Konrad Lorenz, *E l'uomo incontrò il cane* (23ª ediz.)
10. Rainer Maria Rilke, *Ewald Tragy* (5ª ediz.)
11. Friedrich Nietzsche, *Sull'utilità e il danno della storia per la vita* (11ª ediz.)
12. Angus Wilson e Philippe Jullian, *Per chi suona la cloche* (2ª ediz.)
13. Elias Canetti, *Potere e sopravvivenza* (5ª ediz.)
14. Konrad Lorenz, *Gli otto peccati capitali della nostra civiltà* (20ª ediz.)
15. Lorenzo Magalotti, *Relazione della China*
16. Miguel León-Portilla, *Il rovescio della Conquista* (4ª ediz.)
17. Knut Hamsun, *Fame* (4ª ediz.)
18. *La Bibbia del Belli* (3ª ediz.)
19. Georges Dumézil, *Gli dèi dei Germani* (6ª ediz.)
20. Joseph Roth, *La leggenda del santo bevitore* (24ª ediz.)
21. Friedrich Nietzsche, *Sull'avvenire delle nostre scuole* (4ª ediz.)
22. *Il Fisiologo* (4ª ediz.)
23. Samuel Butler, *Erewhon* (5ª ediz.)
24. Samuel Butler, *Ritorno in Erewhon* (3ª ediz.)
25. Eugen Herrigel, *Lo Zen e il tiro con l'arco* (22ª ediz.)
26. Frank Wedekind, *Mine-Haha* (4ª ediz.)
27. Alberto Savinio, *Maupassant e "l'Altro"* (3ª ediz.)
28. San Girolamo, *Vite di Paolo, Ilarione e Malco* (2ª ediz.)
29. Giorgio Colli, *La nascita della filosofia* (13ª ediz.)
30. Louis-Ferdinand Céline, *Il dottor Semmelweis* (6ª ediz.)
31. Ludwig Wittgenstein, *Note sul "Ramo d'oro" di Frazer* (5ª ediz.)
32. Hermann Hesse, *Siddharta* (49ª ediz.)
33. Reuben Fine, *La psicologia del giocatore di scacchi* (4ª ediz.)
34. Robert Walser, *La passeggiata* (11ª ediz.)
35. Edoardo Ruffini, *Il principio maggioritario* (2ª ediz.)
36-37. Friedrich Nietzsche, *Così parlò Zarathustra* (17ª ediz.)
38. André Gide, *La sequestrata di Poitiers* (3ª ediz.)
39. J.R. Wilcock - F. Fantasia, *Frau Teleprocu*
40. Hugo von Hofmannsthal, *L'uomo difficile* (7ª ediz.)
41. James Joyce, *Dedalus* (12ª ediz.)
42. Søren Kierkegaard, *Enten-Eller, I* (4ª ediz.)
43. Paul Verlaine, *Confessioni* (3ª ediz.)

Stampato nel marzo 1994
dal Consorzio Artigiano « L.V.G. » - Azzate

Piccola Biblioteca Adelphi
Periodico mensile: N. 32/1975
Registr. Trib. di Milano N. 180 per l'anno 1973
Direttore responsabile: Roberto Calasso